CIÊNCIA NO TEMPO

FARADAY E MAXWELL

ELETROMAGNETISMO: DA INDUÇÃO AOS DÍNAMOS

Andreia Guerra
José Cláudio Reis
Marco Braga

Conforme a nova ortografia

Atual Editora

SARAIVA S.A. Livreiros Editores
Rua Henrique Schaumann, 270 — Pinheiros
05413-010 — São Paulo — SP

SAC | 0800-0117875
De 2ª a 6ª, das 8h30 às 19h30
www.editorasaraiva.com.br/contato

Dados Internacionais de Catalogação na Publicação (CIP)
(Câmara Brasileira do Livro, SP, Brasil)

Braga, Marco
Faraday e Maxwell : eletromagnetismo : da indução aos dínamos / Marco Braga, Andreia Guerra, José Cláudio Reis ; ilustradores Marco Aurélio Sismotto, Selma Caparroz, Ricardo de Krishna. — São Paulo : Atual, 2004. — (Ciência no Tempo)

Inclui roteiro de leitura.
ISBN 978-85-357-0521-8

1. Ciência — História 2. Faraday, Michael, 1791-1867 3. Física — História 4. Maxwell, James Clerk, 1831-1879 I. Guerra, Andreia. II. Reis, José Cláudio. III. Sismotto, Marco Aurélio. IV. Caparroz, Selma. V. Krishna, Ricardo de. VI. Título. VII. Série.

04-4671 CDD-509

Índices para catálogo sistemático:
1. Ciência : História 509

Ciência no Tempo

Editor: Henrique Félix
Assistentes editoriais: Jacqueline F. de Barros/Vivian Nunes
Revisão de texto: Pedro Cunha Jr. (coord.)
Camila R. Santana
Edilene M. dos Santos
Célia Camargo
Renato A. Colombo Jr.
Pesquisa iconográfica: Cristina Akisino (coord.)
Emerson C. dos Santos/Adriana Abrão

Gerente de arte: Nair de Medeiros Barbosa
Supervisor de arte: José Maria de Oliveira
Assistente de produção: Grace Alves
Diagramação: Valdir Zacarias da Silva
Coordenação eletrônica: Silvia Regina E. Almeida
Produção gráfica: Rogério Strelciuc
Impressão e acabamento: Yangraf Gráfica e Editora

Colaboradores

Edição e preparação de texto: Temas e Variações Editoriais
Projeto gráfico: Sérgio Merli
Capa: Ricardo de Krishna
Imagem de capa: Corbis
Ilustrações: Marco Aurélio Sismotto/Selma Caparroz
Ricardo de Krishna

1ª edição/4ª tiragem
2015

820463.001.004

Atual Editora

FARADAY E MAXWELL

ELETROMAGNETISMO: DA INDUÇÃO AOS DÍNAMOS

SUPLEMENTO DE TRABALHO

NOME: ____________________

ESCOLA: ____________________ ANO: ____

Apresentamos a seguir uma série de questões para que você possa avaliar sua compreensão do texto *Faraday e Maxwell — Eletromagnetismo: da indução aos dínamos*. Após as questões, sugerimos algumas atividades, que visam proporcionar o debate de aspectos mais gerais sobre o tema tratado no livro.

QUESTÕES

1. A que conclusão Gilbert chegou a partir dos experimentos realizados com o *versorium*?

2. Quais as diferenças apontadas por Gilbert entre os fenômenos elétricos e magnéticos?

3. Como os homens que associavam o universo a um relógio explicavam os acontecimentos da natureza?

4. Com os aparatos que construíram, Kleist e Musschenbroek verificaram que a faísca entre o prego e o metal acontecia mesmo que a aproximação do metal se desse algumas horas depois de o prego ter sido eletrizado. Você acredita que com esse experimento ele mostrou a possibilidade de acumular "eletricidade" num condutor por um certo tempo? Por quê?

5. Quais foram as grandes contribuições de Benjamin Franklin à história da eletricidade?

6. Por que as conclusões obtidas por Coulomb em relação à balança de torção foram uma ferramenta importante para os mecanicistas?

7. Qual a interpretação do experimento da rã feito por Galvani?

8. A invenção da pilha nasceu da necessidade de se produzir mais em menos tempo. Você concorda com essa afirmação? Por quê?

ATIVIDADES

1. *Debate em torno da seguinte questão:* "A experiência de Oersted, da agulha imantada, prova que a visão mecanicista de natureza é limitada?".
   Para isso, a turma deve ser dividida em três grupos: um irá defender o mecanicismo, outro irá se opor a essa posição e um terceiro irá decidir qual grupo melhor apresentou a defesa de sua proposta. Para isso, os alunos devem realizar pesquisas em livros, jornais, internet e em outros meios com o propósito de construir argumentos a favor de sua tese. Esses argumentos devem ser organizados de forma que, num dia previamente marcado, os grupos se defrontem como num julgamento.
   Nesse dia, cada grupo vai apresentar sua defesa, questionando, ainda, o grupo adversário sobre suas ideias. O grupo de jurados assistirá ao debate e ao final escolherá um vencedor. O grupo de jurados deve apresentar sua escolha com base em argumentos teóricos e experimentais tirados dos estudos que realizou e das observações do julgamento.
   (Como referência, você pode consultar: "Um julgamento no Ensino Médio — uma estratégia para trabalhar a ciência sob o enfoque histórico-filosófico", de Andréia Guerra, José Cláudio Reis, Marco Braga. In *A Física na escola*, v. 3, n. 1. Maio de 2002.)

2. *Pesquisa sobre pinturas e textos literários de artistas românticos.*
   Pesquise em livros de história da arte exemplos de pinturas do período romântico, procurando resgatar as críticas à visão mecanicista da natureza presentes nessas obras. Procure, também, poesias e romances tidos como românticos, que destaquem críticas ao mecanicismo. Monte, então, um quadro comparando as visões de mundo mecanicista e romântica.

3. *Discussão sobre o filme* Contato, *de Jodie Foster.*
   Assista ao filme e organize com sua turma um debate sobre as questões apresentadas no livro: será que antes de construirmos sistemas de transmissão de ondas eletromagnéticas, poderíamos pensar em vida fora da Terra? Será que nossos possíveis companheiros também constroem rádios, televisões, ou seja, utilizam ideias como as da onda eletromagnética para se comunicar?
   Para o debate, faça uma pesquisa sobre os caminhos usados pelos seres humanos para encontrar sinais de vida extraterrestre.

Para realizar a próxima atividade, você deve ler o texto abaixo, escrito pelo físico e matemático Leonhard Euler (1707-1783), responder às questões apresentadas e debater com sua turma a diferença entre a proposta de Euler e a daqueles filósofos naturais que defendiam a existência de fluidos elétricos materiais.

4. Euler construiu uma teoria bem particular, afirmando que a eletricidade não era nada mais que uma alteração no equilíbrio do éter. O éter seria uma matéria fluida e sutil que preencheria todos os espaços entre os corpos e pela qual a luz seria transmitida, tal como o som é transmitido pelo ar. Devido à sua extrema sutileza e elasticidade, o éter poderia introduzir-se nos pequenos poros de todos os corpos, onde o ar não poderia entrar. Segundo Euler, existiriam corpos com poros mais fechados e corpos com poros mais abertos. Com essa ideia em mente, ele explicou a atração de um pequeno corpo por um bastão de vidro eletrizado da seguinte forma:

"Seja AB um bastão ao qual se tirou por atrito uma parte do éter contido nos seus poros; estando o éter restante menos comprimido, ele terá assim menos força para se espalhar, ou então terá uma elasticidade menor do que o éter que se encontra nos outros corpos e no ar que o rodeia; mas, dado que os poros do ar estão ainda mais fechados do que os poros do bastão, isto impede que o éter contido no ar passe no bastão para estabelecer o equilíbrio; pelo menos isso apenas acontecerá depois de passar bastante tempo.
Apresente-se agora a esse bastão um pequeno corpo muito leve C, que tenha os seus poros abertos, o éter aí contido, encontrando um caminho livre — por ter mais força para se espalhar do que a imposta pelo éter encerrado no bastão em AB —, acabará por escapar e abrirá caminho através do ar, desde que a distância não seja muito grande, e introduzir-se-á no bastão (...).
Mas observemos que o pequeno corpo C saltará em direção a esse pau, como se fosse atraído por ele. Para explicar a causa disso, Vossa Alteza apenas deve considerar que o pequeno corpo C, no seu estado natural, está igualmente comprimido por todos os lados pelo ar que o rodeia; mas, visto que, no estado em que se encontra agora o éter escapa dele e atravessa o ar segundo a direção de C, é evidente que o ar deste lado irá comprimir menos o pequeno corpo do que no outro lado e que a pressão que o empurra para C irá dominar as outras pressões e acabará por empurrá-lo para o pau, tal como se fosse por ele atraído".

(Retirado de Letter XXVII de 4 de julho de 1761, da série *Letters to a German Princess.*)

a) A teoria de Euler está de acordo com a visão mecanicista da natureza? Por quê?

b) A teoria de Euler está de acordo com a lei de Coulomb? Justifique sua resposta.

c) Para Euler, o meio no qual o bastão se encontra interfere no processo? Por quê?

14. O que buscava Ampère com os experimentos que realizou com bobinas e ímãs?

15. Qual a relação entre as leis de indução de Michael Faraday e o gerador elétrico?

16. Por que Michael Faraday criou novos nomes para os elementos envolvidos no processo da eletrólise?

17. Qual a diferença básica entre a teoria de campo e a de ação a distância?

9. Quais as principais críticas feitas pelos filósofos naturais românticos aos mecanicistas?

10. Por que podemos dizer que a forma como Oersted compreendia a natureza o aproximava dos filósofos naturais românticos?

11. Qual foi o impacto no mundo científico da divulgação dos resultados experimentais de Oersted?

12. Por que a experiência de Oersted trazia problemas aos que viam a hipótese de Coulomb como um fato?

13. O que Biot rejeitava na interpretação de Oersted sobre o experimento da agulha imantada?

SUMÁRIO

INTRODUÇÃO

CAPÍTULO 1

CAPÍTULO 2

CAPÍTULO 3

CAPÍTULO 4

CAPÍTULO 5

CAPÍTULO 6

CAPÍTULO 7

CONCLUSÃO

Estamos em uma época em que os erros da ignorância, os fantasmas da noite, os sonhos da infância humana devem desaparecer; a aurora expande sua luz pura; o sol se levanta sobre a humanidade desperta; fiquemos de pé diante do céu e não tenhamos daqui para a frente senão uma divisa: o progresso através da ciência.

Camille Flammarion, astrônomo francês, 1842-1925

Mais uma vez, a atitude que defendo não consiste em repudiar a ciência, em negar em bloco seu valor e a utilidade de suas teorias etc. mas em enxergar seus limites; em reconhecer que os homens de ciência são precisamente homens, e não espíritos puros; em compreender que 'o método experimental' define um ideal mas não previne automaticamente contra os erros; em admitir que qualquer pesquisa científica envolve pressupostos cujo valor absoluto não está assegurado; em reconhecer igualmente que na base da construção dos 'fatos' estão certas escolhas que talvez venham a ser contestadas e assim por diante.

Pierre Thuillier, historiador da ciência francês, 1927-1998

APRESENTAÇÃO

Este livro nasceu da vontade de ver a ciência sendo ensinada na escola de forma diferente. De uma maneira que faça com que o aluno perceba que a produção do conhecimento técnico-científico é parte da cultura humana, assim como a literatura, a pintura, a música, o cinema.

Às sextas-feiras, os autores deste livro, professores de ensino médio, se reúnem num grupo de estudo chamado Teknê. *Assim como nos velhos ateliês da Idade Média, onde os artesãos estudavam e trabalhavam o ferro, o bronze, a pedra, no* Teknê *se estudam a ciência, a técnica, a arte e se trabalha a palavra. Lá não só são lidos e discutidos textos de filosofia e história da ciência e da técnica como também são escritos textos didáticos e ensaios, além de serem produzidas experiências educacionais. Nesse trabalho compartilha-se uma grande amizade. O* Teknê *é a forma que encontramos de manter vivo um sonho que alimentamos desde os bancos universitários: continuar estudando, discutindo, escrevendo e, acima de tudo, ensinando de forma criativa. Este livro é dedicado a todos aqueles que nos ajudaram na construção desse projeto de vida.*

Os autores

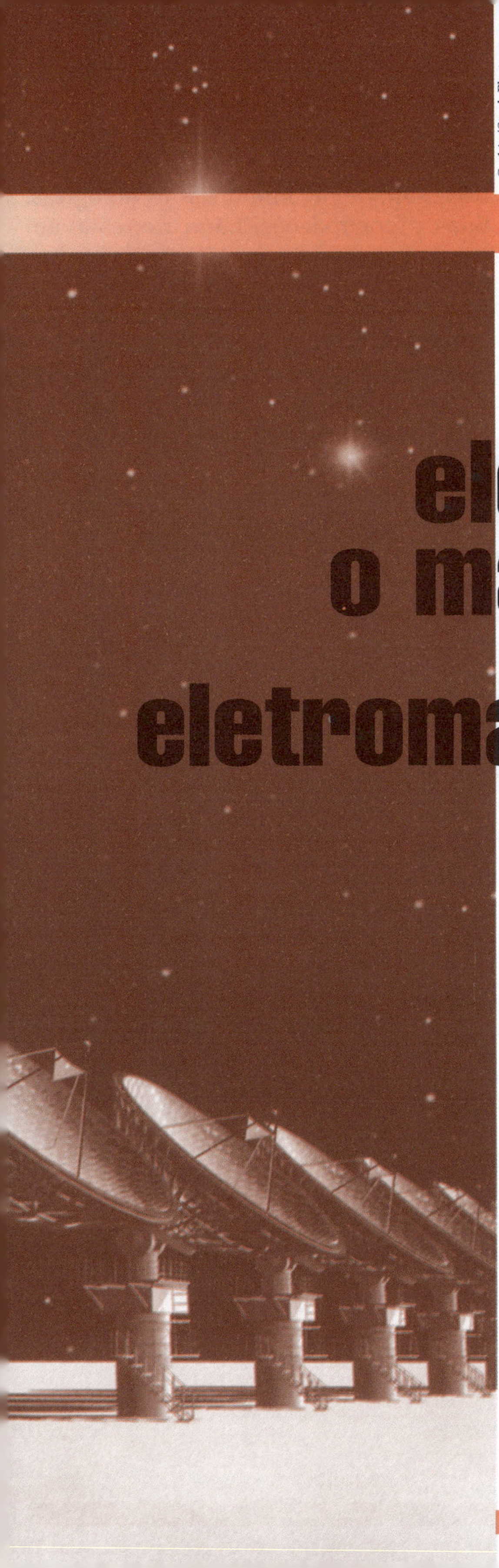

Corbis/Stock Photos

Para que estudar a eletricidade, o magnetismo, enfim, o eletromagnetismo?

Imagine-se vivendo numa cidade como o Rio de Janeiro, São Paulo, Londres, Lisboa, Paris, Nova York ou qualquer outra no ano de 1820.

É noite de lua nova, e a iluminação das ruas é feita pela queima de combustíveis, como lamparinas, velas etc. O motor elétrico ainda não é conhecido. Não existem ventiladores, telefones nem outros tantos aparatos tecnológicos que você diariamente usa em sua casa. Como viver nessa cidade?

Difícil imaginar, não? Para habitarmos uma cidade como essa, teríamos de reformular toda a nossa vida. Ouvir rádio, ver televisão, falar ao telefone, usar a internet e realizar tantas outras atividades do nosso cotidiano seriam tarefas impossíveis.

Mas o perfil das cidades mudou muito de lá para cá graças, principalmente, aos trabalhos realizados ao longo do século XIX sobre a eletricidade, o magnetismo e às relações entre esses dois ramos da ciência, que hoje chamamos eletromagnetismo.

As mudanças no espaço urbano introduzidas pela nova ciência acabaram alterando os costumes da população: criaram diferentes possibilidades de trabalho, mas também eliminaram alguns empregos e profissões.

Pensando apenas nas mudanças ocorridas, podemos achar que os cientistas, engenheiros e técnicos envolvidos no processo de desenvolvimento do eletromagnetismo foram geniais, homens revolucionários que não queriam mais viver na escuridão. Porém, um olhar mais atento para a história mostra que muitos dos que se dedicaram a esse estudo não buscavam necessariamente mudanças tecnológicas. Suas preocupações, não raro, estavam desvinculadas de uma finalidade prática imediata. Na verdade, o eletromagnetismo foi desenvolvido por pessoas de vários países e de diferentes épocas. Muitas vezes, as teorias elaboradas partiam de visões de natureza distintas, resultando em explicações conflitantes para um mesmo fenômeno.

Neste livro, vamos contar essa história, que poderá, em determinados momentos, parecer cheia de idas e vindas. Não se assuste com isso, a construção do conhecimento científico é assim mesmo.

CAPÍTULO 1

Os antecedentes de uma grande transformação científica e social

A história dos antecedentes do eletromagnetismo é repleta de controvérsias. No princípio, não existia uma teoria que explicasse os diversos fenômenos observados e as experiências realizadas. Mais tarde, a partir dos avanços em áreas da Física e da Química, procurou-se encontrar uma ordem que explicasse esses fenômenos. Neste primeiro capítulo, vamos contar a história das primeiras observações de fenômenos elétricos e magnéticos feitas pelos filósofos naturais — futuros físicos e químicos — a partir do surgimento da ciência moderna.

O ano de 1600 marca o início desta história. Nesse ano, William Gilbert (1540-1603), médico da rainha da Inglaterra Elizabeth I, publicou o livro *De Magnete*, em que descrevia experiências e apresentava teorias a respeito de certos fenômenos elétricos e magnéticos. Deve-se a ele, aliás, a distinção entre esses dois tipos de fenômeno, como veremos adiante.

O trabalho de Gilbert baseava-se em análises experimentais que realizou durante suas investigações. Por exemplo, para estudar os fenômenos elétricos construiu um pequeno dispositivo, denominado "versorium".

Corbis/Stock Photos

Você já deve ter experimentado situações que envolvem fenômenos similares aos estudados por Gilbert. Já deve ter observado, por exemplo, que, quando atritamos papel a um pente de plástico, este se torna capaz de atrair corpos leves, como papeizinhos picados. Ou talvez tenha notado que, ao desligar uma televisão, os pelos do seu braço próximo à tela se erguem. Explicamos a atração observada dizendo que o pente e a tela da televisão ficaram eletrizados.

Até 1600, muito pouco se conhecia sobre esse tipo de fenômeno. Acreditava-se, por exemplo, que apenas uma substância era capaz de se eletrizar quando atritada: o âmbar, que é um tipo de resina natural.

UMA EXPERIÊNCIA: O "VERSORIUM" DE GILBERT

Você vai precisar de:

- canudo de plástico (cerca de 6 cm)
- um pedaço de linha (15 cm)
- lenços de papel

Como os fenômenos elétricos estarão sempre presentes em nossa história, para que você possa acompanhar melhor esta aventura, sugerimos que construa um "versorium" — um aparato muito simples.

Para construí-lo, pegue o canudo de plástico e, no centro dele, amarre o pedaço de linha. Prenda a linha de forma que o canudo fique livre horizontalmente no ar. Atrite o canudo com um lenço de papel. Deixe-o entrar em repouso após o atrito. Aproxime, então, de uma de suas extremidades outro pedaço de papel, movimentando-o para a direita e depois para a esquerda. Verifique que o canudo acompanha o movimento do papel.

Veja! O canudo só se movimenta com a presença do papel porque foi previamente atritado. Dizemos que o atrito com o lenço de papel fez com que o canudo se eletrizasse. Como nada foi feito ao outro papel, verificamos que ele continua em sua situação normal, não eletrizado, ou seja, neutro. Assim, concluímos que o papel, neutro, e o canudo eletrizado atraem-se mutuamente, fazendo com que, na situação descrita, o canudo acompanhe o movimento do papel.

O "versorium" de Gilbert era bem parecido com esse da nossa experiência. Nos seus trabalhos com esse dispositivo, o cientista inglês conseguiu ampliar os conhecimentos sobre a eletricidade, concluindo que a possibilidade de se eletrizar com o atrito não era exclusiva do âmbar. O vidro, o enxofre e algumas pedras preciosas também se tornavam eletrizados, e, portanto, atraíam para si corpos leves, quando atritados.

Gilbert também dedicou atenção aos fenômenos magnéticos. Naquela época, já se conhecia a magnetita, uma substância especial, que atraía naturalmente corpos constituídos de ferro. Conheciam-se algumas propriedades dos fenômenos magnéticos; por exemplo, ao se dividir um magneto, um ímã, em dois, obtinham-se necessariamente dois novos ímãs; o termo polo magnético já era empregado para representar a diferença entre as duas extremidades de um ímã. Os europeus utilizavam a bússola, uma agulha magnetizada, para se orientar em suas viagens. A análise desses fatos enriquecida pelas observações registradas pelos navegadores impulsionou Gilbert a considerar a orientação da bússola na Terra, comparando o nosso planeta a um grande ímã. Tomando os ímãs como modelo, Gilbert defendeu que, no caso da Terra, um dos polos magnéticos estaria no Norte geográfico e o outro no Sul. Com base ainda na comparação do planeta a um magneto, definiu o ímã a partir de um princípio geral, em que o polo norte de um atrairia sempre o polo sul de outro.

Para melhor explorar as propriedades magnéticas da Terra, Gilbert construiu um pequeno ímã em forma de esfera, prendendo nele massas de ferro para simular as montanhas do planeta. Posicionou bússolas nesse ímã, analisando suas orientações. Tentou explicar, então, a partir do magnetismo terrestre, tanto o movimento dos planetas quanto a atração dos corpos para a Terra.

Ainda com base nos experimentos que realizou, Gilbert mostrou que os fenômenos elétricos tinham características diferentes das dos fenômenos magnéticos. Por exemplo, o ímã não precisava de atrito para que sua propriedade magnética se manifestasse. O atrito nem aumentava nem diminuía o seu poder de atração. Além disso, os corpos eletrizados atraíam para si objetos que não sofriam influências dos ímãs. Essas e outras diferenças marcantes levaram-no a concluir que os fenômenos elétricos tinham causas distintas das dos fenômenos magnéticos.

O trabalho de Gilbert não teve muitos seguidores. Ao longo do século XVII, alguns filósofos naturais se dedicaram ao magnetismo, tentando explicar a natureza do fenômeno. A eletricidade só despertou maior curiosidade no século XVIII. Entretanto, antes de conhecermos as teorias científicas desse século, precisamos visitar o século XVII, conhecer algumas das preocupações dos homens dessa época, para então seguirmos nossa história e compreendermos a herança recebida pelos cientistas do século XVIII.

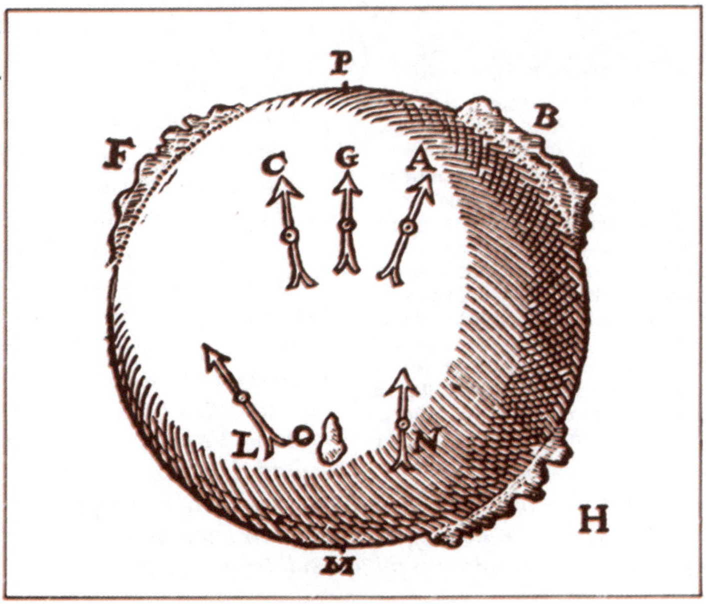

Esta figura ilustra a esfera construída por Gilbert para estudar as propriedades magnéticas da Terra. As partes escuras indicam as massas de ferro que Gilbert acrescentou ao ímã para representar as montanhas que encontramos em nosso planeta.

1897: O ANO DO ELÉTRON

Você com certeza já ouviu falar no elétron. Talvez saiba que ele é parte constituinte do átomo, apresentando uma carga elétrica negativa, e que o átomo pode ganhar e perder elétrons.

Numa visão simplificada do átomo, dizemos que ele possui prótons e nêutrons no núcleo e elétrons girando ao seu redor. Num átomo neutro, o número de elétrons é igual ao de prótons. Dizemos que um corpo está eletrizado negativamente quando ganhou elétrons, ou seja, o número de elétrons excede ao de prótons. Já um corpo é considerado eletrizado positivamente, quando perdeu elétrons, tornando o número deste inferior ao de prótons.

O elétron, apesar de sua notoriedade, não era conhecido de nenhum dos personagens que aparecem neste livro. Ele foi identificado apenas no ano de 1897, pelo físico inglês Joseph John Thomson (1856-1940). No dia 30 de abril desse ano, Thomson apresentou resultados experimentais nos quais conseguiu determinar a razão entre carga/massa do suposto elétron. Provou que tais partículas possuíam massa cerca de mil vezes menor que a do átomo de hidrogênio. Esse dia tem um grande significado para a ciência, pois marca o fim da ideia do átomo como menor parte constituinte da matéria.

Apesar da data destacada, já há algum tempo, alguns físicos, analisando experimentos envolvendo eletricidade, haviam concluído que existia uma pequena partícula de eletricidade que correspondia a um tipo de "átomo de eletricidade". O próprio termo elétron já havia sido cunhado seis anos antes do experimento de Thomson.

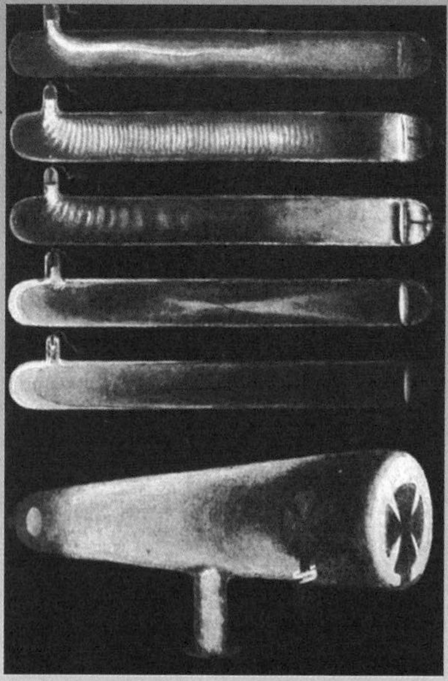

J. L. Charmet

Esta ilustração representa a ampola de Crookes. No final do século XIX, discutia-se a natureza dos raios catódicos: seriam eles ou não partículas carregadas? Vários instrumentos foram construídos com o intuito de registrar a presença desses raios, apesar de sua invisibilidade. A ampola de Crookes foi um desses artefatos; por meio dela, comprovou-se que os raios catódicos propagam-se em linha reta. Esse resultado foi importante para o futuro trabalho de Thomson sobre a determinação da razão entre carga/massa do elétron.

A história da física do século XX trouxe novas questões em relação ao elétron. Ele não pode mais ser compreendido apenas como um corpúsculo elementar. Em certas situações, ele se comporta como uma onda, ou seja, a natureza do elétron é dual, ora parecendo uma partícula elementar ora uma onda que não carrega matéria, mas apenas energia.

A partir dos experimentos que levaram à identificação do elétron, muitos aparatos tecnológicos que povoam nosso dia a dia foram elaborados. Por exemplo, os tubos de raios catódicos, usados nas telas de televisão e computadores, conseguem produzir suas imagens utilizando um feixe de elétrons acelerados.

O universo-relógio

No século XVII, os europeus viviam um mundo em transformação econômica, social e cultural. Nos séculos anteriores, portugueses e espanhóis haviam conquistado os mares, criando técnicas de navegação que lhes permitiram pela primeira vez cruzar a linha do Equador. Nesse caminho, encontraram outras terras, outras culturas que lhes mostraram a amplidão inimaginável do mundo em que viviam. Além disso, técnicas introduzidas no continente europeu, a partir do século IX com a invasão árabe na Península Ibérica, possibilitaram a ampliação da produção agrícola e o aperfeiçoamento do transporte animal, trazendo assim novas possibilidades de organização social. As cidades se proliferaram e o comércio ganhou destaque. Esse panorama deu à matemática uma importância sem igual. Ela, que até então havia sido destinada apenas aos estudos de música e astronomia, passou a ocupar a vida dos homens comuns. Era utilizada pelos artistas nas construções das catedrais, nas esculturas e nas pinturas e pelos comerciantes em suas negociações. O novo papel da matemática e as inúmeras inovações trazidas pela técnica fizeram com que esses dois saberes passassem a ser os caminhos legítimos para a obtenção de conhecimento a respeito da natureza.

Muitos filósofos naturais utilizaram essas novas ferramentas em seu trabalho. Alguns se dedicaram mais à prática, procurando compreender a natureza a partir de experimentos. Assim, construíram novas máquinas e instrumentos que ampliaram o olhar sobre a natureza.

Os aparatos técnicos ganharam muita importância no cenário europeu. Microscópios, bombas de ar e tantos outros artefatos foram construídos por pessoas que desejavam compreender os fenômenos

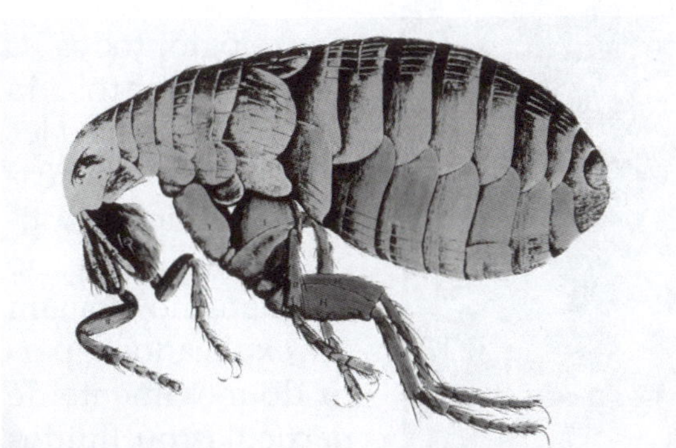

SPL/Stock Photos

Robert Hooke (1637-1703) construiu um microscópio que lhe permitiu investigar as partes de insetos e outros animais. Esta ilustração representa os detalhes de uma pulga que observou com seu instrumento.

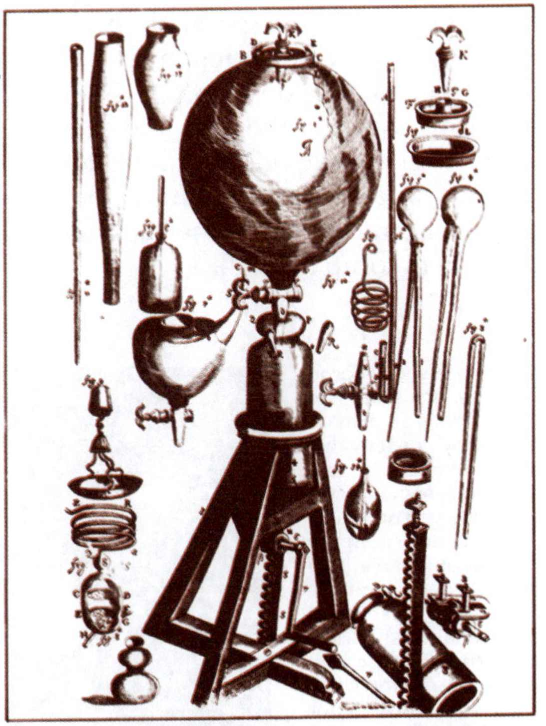

Reprodução

Os ingleses Robert Hooke e Robert Boyle (1627-1691), por exemplo, construíram juntos a bomba de ar, para criar vácuo. Essa ilustração encontra-se no livro de Boyle publicado no ano de 1660, intitulado *Novas experiências físico-mecânicas sobre a força elástica do ar e seus efeitos.*

naturais e, assim, entender o mundo em que viviam.

Entre todos esses dispositivos técnicos, um merece destaque em nossa história: a máquina eletrostática de Otto von Guericke (1602-1686). Esse filósofo natural alemão foi um dos que se interessaram pelo magnetismo no século XVII. Desejando investigar melhor a analogia Terra—ímã feita por Gilbert, ele construiu uma esfera com diferentes materiais para simular o planeta. Observou, no entanto, que, ao ser atritada a outro material, essa esfera soltava faíscas. Como o enxofre era a substância de maior predominância na esfera, resolveu construir outro globo utilizando apenas aquele elemento. Assim, poderia observar melhor os efeitos do atrito, da eletrização.

Construiu, dessa forma, um dispositivo capaz de produzir descargas elétricas significativas. Apesar de produzir pela primeira vez esse fenômeno, a máquina eletrostática de Otto von Guericke não apresentava utilidade. Não se sabia o que fazer com aquela descarga elétrica. Assim, ela só passou a ter uma importância significativa depois de seu aperfeiçoamento, em torno de 1740.

SPL/Stock Photos

A máquina eletrostática de Guericke era constituída de uma esfera feita de enxofre, que podia ser girada por uma manivela. O movimento fazia a esfera se eletrizar, o que permitia a obtenção de descarga elétrica na forma de faíscas.

Numa sociedade em que as máquinas ganhavam cada vez mais importância, os homens passaram a associar todo o universo a um relógio. Assim, a natureza era entendida como um conjunto de peças mecânicas microscópicas em movimento. Deus teria criado o universo repleto de partículas que, em movimento, geravam os diferentes fenômenos observados.

Os estudos do corpo humano, das plantas e dos animais se alimentavam do desenvolvimento técnico do contexto do século XVII, seja pelo uso de novos instrumentos como o microscópio, seja pela difusão de técnicas como a de dissecação de cadáveres. Esse quadro, *A lição de anatomia do doutor Nicolaes Tulp*, do pintor holandês Rembrandt, foi feito no século XVII e retrata uma aula de anatomia, na qual o próprio professor realiza a dissecação.

Reprodução

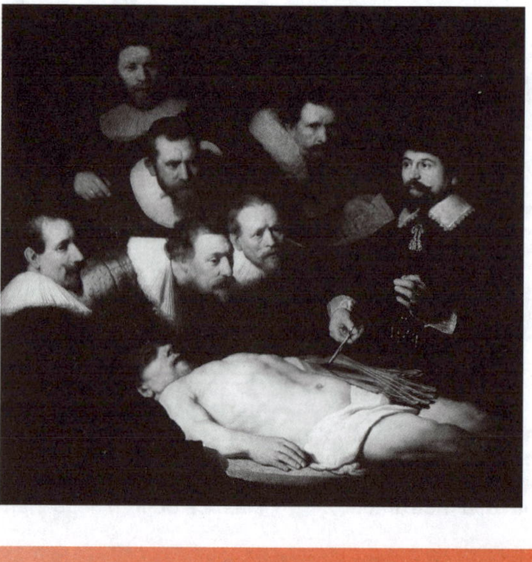

Para esses homens que associaram o universo a um relógio, todos os acontecimentos da natureza, fossem eles relacionados ao calor, à química, à óptica, à eletricidade, ao magnetismo, deviam ser explicados a partir do movimento de partículas ou fluidos materiais que supostamente comporiam o universo.

Observe esses relógios. Seu funcionamento se devia às engrenagens que se movimentavam. Uma engrenagem gerava o movimento de outra e assim sucessivamente, fazendo com que o relógio marcasse o tempo a partir do movimento dessas engrenagens. Para vários filósofos naturais do século XVII, algo semelhante acontecia no universo.

A ideia de que a natureza era análoga a uma máquina foi um fator marcante na história europeia dos séculos XVII e XVIII. É fato que essa não era a visão de todos os que se dedicavam à ciência. Filósofos naturais ilustres criticaram severamente esse modelo. Ocorreram, inclusive, debates sobre a concepção universo-relógio e sobre o papel de Deus na natureza. Porém, os debates e as controvérsias não impediram que essa fosse a visão de mundo predominante naquele contexto.

Utilizando as mais recentes teorias e experimentos, os filósofos naturais aperfeiçoaram novos equipamentos, desenvolveram a matemática, conheceram mais as plantas e os animais. Enfim, trouxeram a muitos europeus a crença de que a natureza e o mundo estavam ao seu alcance de uma forma como nunca antes estivera. Os sucessos obtidos pela ciência, aliados à perda de força do sistema teológico medieval e à ascensão da burguesia, fizeram com que o pensamento racional científico fosse exaltado como o caminho que libertaria os homens das crenças e superstições do passado, trazendo-lhes, então, a plena felicidade.

O mecanicismo

Esse entusiasmo voltado para a ciência impulsionou, no século XVIII, na Europa, um movimento político, filosófico e cultural, conhecido por Iluminismo. Os pensadores iluministas defendiam que o método usado pela ciência se mostrara tão poderoso no estudo da natureza que devia ser aplicado também à construção de uma sociedade justa e livre.

Os filósofos naturais que buscaram implementar esse projeto político desqualificaram todo saber produzido no período que denominamos Idade Média (476-1453). Argumentavam que aqueles homens, por tomarem os ensinamentos da Sagrada Escritura como base para todo o conhecimento construído a respeito do mundo, viviam sob crenças e superstições que os impediam de realmente compreender a natureza. Nesse caminho, a Idade Média foi denominada Idade das Trevas, e o século XVIII foi chamado século das luzes.

No processo de exaltação à razão científica, alguns filósofos naturais buscaram aperfeiçoar o conceito de universo-relógio. Para eles, todos os fenômenos observados e experimentados na natureza deveriam ser estudados a partir das leis da mecânica.

O privilégio da mecânica deveu-se muito ao sucesso que obtiveram no século anterior as leis do movimento. Isaac Newton (1642-1727) apresentara quatro leis gerais que explicaram satisfatoriamente acontecimentos terrestres e fenômenos celestes. Newton, com sua obra, concretizou o desejo dos filósofos naturais dos séculos XV e XVI de unificar as físicas celestes e terrestres. Por isso não é de se estranhar que as leis da mecânica tenham sido reconhecidas como aquelas capazes de explicar todos os fenômenos naturais. Os cientistas que adotaram essa visão de natureza foram chamados mecanicistas.

No século das luzes, a ciência experimental sofreu avanços significativos, tendo a eletricidade um grande destaque. Verificou-se, por exemplo, que a eletrização dos corpos não ocorria apenas com o atrito entre eles. Era possível eletrizar um corpo neutro desde que fosse posto em contato com outro eletrizado. Dizia-se que, nessa situação, o corpo neutro adquiria o mesmo "poder elétrico" daquele inicialmente eletrizado. Para chegar a tal conclusão, os filósofos naturais partiram do seguinte procedimento: após certo tempo de contato, os dois corpos eram separados e novamente aproximados. Nesse segundo arranjo, a atração inicialmente observada entre ambos dava lugar a uma repulsão. Gilbert com seu "versorium" só percebera a atração entre corpos eletrizados. Assim, suas conclusões precisavam ser ampliadas, pois também ocorriam repulsões.

Fenômenos como esse sugeriram a alguns filósofos naturais a existência de duas espécies distintas de eletricidade de forma que as de mesmo tipo se repeliriam e as de tipo oposto se atrairiam. Analisando experimentos, concluiu-se que o tipo de eletricidade adquirida por um corpo quando atritado dependia da substância de que era constituído. Por exemplo, um tipo de resina comum na Europa, quando atritado, apresentava sempre um mesmo tipo de eletricidade. Essa resina, assim como o nosso látex, é extraída do caule de uma árvore. Por causa disso, esse tipo de eletricidade foi denominado de *resinuous*. O vidro quando atritado apresentava uma eletricidade oposta à da *resinuous*, que foi denominada de *vitreous*.

Conforme o século XVIII avançava, a eletricidade despertava cada vez mais a atenção dos que se dedicavam à ciência. Os filósofos naturais percebiam que a eletricidade podia ser controlada, e esse era um campo importante a ser explorado. Procurando ampliar as análises teóricas sobre esses fenômenos, filósofos naturais que trabalhavam à luz do mecanicismo interpretaram os dois tipos de eletricidade como dois fluidos elétricos materiais de características opostas.

No século XVIII, eram comuns as demonstrações públicas envolvendo experimentos com eletricidade. Essa ilustração representa uma dessas demonstrações.

O interesse pela eletricidade não atingia apenas os filósofos naturais; as demonstrações com as máquinas eletrostáticas atraíam um número grande de pessoas não ligadas ao mundo da ciência.

A garrafa de Leyden

Outro incremento notável ao desenvolvimento da eletricidade ocorreu em 1745, com a construção de um novo aparelho elétrico, realizado por Ewald von Kleist (1700-1748). Esse cientista alemão buscava aumentar a potência das faíscas elétricas até então produzidas pelas máquinas eletrostáticas, como a de Guericke. Para tanto, utilizou uma garrafa de vidro, tampada com uma cortiça, e nela introduziu, através da cortiça, um objeto metálico — um prego. A garrafa continha água em seu interior, de forma que o prego ficava em contato com o líquido.

Von Kleist construiu seu equipamento esperando que, ao eletrizar o prego, a água também se eletrizasse. Acreditava ser possível manter a eletricidade armazenada naquela garrafa por um longo tempo. A garrafa só deveria se descarregar quando do prego fosse aproximado um material capaz de deixar fluir todo o fluido elétrico ali guardado. Na descarga seria observada uma faísca proporcional à eletricidade armazenada. Apesar do cuidado que teve ao construir seu aparato, o resultado obtido causou-lhe estranheza. Para que o fluido elétrico não se dispersasse durante o processo de eletrização, Von Kleist imaginou que seria necessário isolar a garrafa. Porém, para seu grande espanto, verificou que a faísca só se produzia quando realizava o procedimento segurando a garrafa. Ou seja, a garrafa precisava não estar isolada.

Na mesma época que Von Kleist desenvolvera seu experimento, outro filósofo natural, Pieter van Musschenbroek (1692-1761), da Universidade de Leyden, na Holanda, realizara um experimento similar. Ambos mostravam ser possível armazenar eletricidade por certo tempo. Traziam, porém, uma questão: por que o efeito só podia ser observado quando o experimentador segurava a garrafa?

As teorias vigentes não tinham resposta para isso. De acordo com elas, o material elétrico acumulado na água deveria fluir pela mão da pessoa e não ficar armazenado na garrafa.

A impossibilidade de conciliação entre o novo aparato e as teorias não afastou alguns filósofos naturais da iniciativa de buscar uma interpretação para esse experimento. Talvez a resposta estivesse relacionada à garrafa, mas sabia-se que sua forma não influenciava nos efeitos produzidos. Além disso, os cientistas notaram que a água podia ser substituída por certos óleos e condutores. Perceberam, também, que várias pessoas de mãos dadas ao tocarem a garrafa sentiam um grande choque.

O experimento inicial sofreu, assim, várias modificações, mas seu sucesso sempre dependia de que a garrafa estivesse ligada a um grande condutor — como a mão do experimentador ou o chão do laboratório.

Esse aparato, que recebe o nome de "Garrafa de Leyden", em homenagem a Musschenbroek, foi uma grande novidade para os que se dedicavam ao estudo da eletricidade. Associando-se vários desses dispositivos, os cientistas produziram descargas elétricas de intensidade até então não conseguidas.

UMA EXPERIÊNCIA: COMO CONSTRUIR UMA GARRAFA DE LEYDEN E CRIAR UM CAPACITOR

Que tal acender uma pequena lâmpada de néon sem o auxílio de uma pilha? Para tanto, construa a garrafa de Leyden apresentada a seguir. Ela não será idêntica à de 1745 porque não usaremos vidro nem água, mas seu princípio de funcionamento é o mesmo.

Você vai precisar de:

- tubo de plástico (como os que guardam filmes fotográficos)
- papel-alumínio
- prego
- fio de cobre
- lâmpada de néon
- canudo de plástico
- lenço de papel

Pegue o tubo de plástico e envolva-o externamente em papel-alumínio (cerca de 3/4 da superfície externa). Encha o interior do tubo com pedacinhos de papel-alumínio. Introduza na tampa do tubo um prego, de forma que uma pequena parte dele fique fora do tubo e a parte interna fique em contato com os papéis picados. Amarre um fio de cobre na parte externa do tubo. Numa das extremidades desse fio, prenda uma das "pernas" da lâmpada de néon. Deixe a outra parte da lâmpada livre.

Coloque, então, o tubo apoiado sobre uma mesa ou sobre o chão. Atrite um canudo de plástico com lenço de papel e "raspe-o" no prego. Faça isso várias vezes para que o prego fique eletrizado. Quanto mais úmido estiver o dia, mais você precisará repetir essa operação. Feito isso, pegue o fio de cobre e encoste a outra extremidade da lâmpada ao prego. Você observará um brilho súbito da lâmpada.

Garrafa de Leyden.

A descarga da garrafa sobre a lâmpada fez com que ela acendesse. Ela permanecerá acesa apenas pelo tempo em que ocorrer a descarga, que, como você notará, é muito curto. Se uma nova descarga for realizada, a lâmpada se acenderá outra vez.

Se desejar, poderá colocar sua garrafa de Leyden para funcionar sem a lâmpada de néon. Para isso, basta aproximar do prego a extremidade solta do fio de cobre enrolado ao redor da garrafa. Você observará uma centelha elétrica entre o prego e o fio de cobre, acusando uma descarga elétrica.

A garrafa de Leyden é hoje conhecida pelo nome de capacitor. O papel externo e o interno são chamados armaduras, e o plástico (ou vidro do caso original) é conhecido por dielétrico. Os capacitores encontram-se nos diversos aparelhos eletrônicos de que dispomos. Eles têm a função de armazenar energia para utilização futura. Existem, hoje, capacitores de vários tipos, com formatos bem diferentes daquele da garrafa de Leyden, mas todos possuem armaduras e o dielétrico para permitir o armazenamento de eletricidade. O princípio de funcionamento é o mesmo.

As novas máquinas eletrostáticas e as garrafas de Leyden geravam descargas elétricas com potência significativa, o que permitia explorar fenômenos até então inimagináveis, como os efeitos das descargas elétricas sobre músculos de órgãos de animais.

Essa ilustração mostra uma placa com várias garrafas de Leyden associadas em série. A máquina eletrostática serve para carregar as diversas garrafas. As garrafas não são todas eletrizadas ao mesmo tempo. Como armazenam eletricidade, elas não se descarregam enquanto as outras são carregadas. Concluído o processo, leva-se a placa para o local em que se deseja produzir a grande descarga elétrica.

Embora a teoria dos dois fluidos elétricos explicasse vários dos fenômenos até então conhecidos, surgiram alguns questionamentos. Para o filósofo natural Benjamin Franklin (1706-1790), por exemplo, a eletricidade provinha realmente de algo material, mas de um único fluido elétrico, e não de dois.

Franklin diferenciou os corpos eletrizados em positivos e negativos. Com a eletrização, os corpos negativos ficavam com falta de fluido elétrico; já os positivos ficavam com excesso de fluido elétrico. Os termos positivo e negativo são até hoje usados nos estudos de eletricidade. Dizemos que corpos eletrizados com cargas de sinais iguais se repelem, e de sinais opostos, se atraem.

A teoria proposta por Franklin apresentava um sério problema: como explicar o fato de corpos negativos se repelirem e um negativo atrair outro neutro se no corpo negativo havia falta de fluido elétrico?

A importância de Franklin para o desenvolvimento da eletricidade no século XVIII é bastante significativa. Ele apresentou conclusões fundamentais para essa ciência. Por exemplo, com suas investigações demonstrou que os relâmpagos eram descargas elétricas de mesma natureza daquelas observadas com as máquinas eletrostáticas e as garrafas de Leyden. A análise dos relâmpagos, realizada por Franklin e um grupo de cientistas da Filadélfia, Estados Unidos, que ele liderava, resultou nos para-raios.

Esse grupo demonstrou ainda que a eletricidade não era criada por atrito. Para eles, o que ocorria durante o atrito era a transferência do fluido elétrico de um corpo para o outro, de forma tal que em nenhuma situação a eletricidade poderia ser criada ou destruída. Quando um corpo era eletrizado, por qualquer caminho que se desse esse processo, havia apenas uma transferência de carga (fluido elétrico) de um corpo para o outro. Assim, Franklin sustentou que a carga elétrica se conservava, não se criava nem se perdia.

A teoria de Franklin a respeito da existência de um único fluido elétrico não foi bem aceita; apresentava problemas reconhecidos até mesmo por ele. Houve muita discussão a respeito dos fluidos elétricos: seriam eles de um ou dois tipos? Muitas experiências foram realizadas com o propósito de concluir a questão, mas, apesar do debate, a ideia de conservação de carga permaneceu válida.

NOSSO TEMPO

PROTEGENDO AS CIDADES

Os para-raios, usados principalmente nos prédios, são dispositivos que protegem dos raios a região em torno deles. São formados de uma haste metálica com uma ou mais pontas, que deve ser colocada no ponto mais alto do local que se deseja proteger. Os para-raios precisam ser ainda ligados à Terra por meio de um fio metálico rígido. Assim, a descarga elétrica tende a se direcionar para as pontas metálicas, indo da nuvem para a Terra ou vice-versa. Com tal montagem, evitam-se acidentes, danos aos prédios, às casas e aos monumentos da cidade.

Esse aparato tão simples e tão importante nasceu com o experimento feito pelo grupo de cientistas da Filadélfia chefiado por Franklin, em 1753. Eles demonstraram que condutores pontiagudos tinham o poder de facilmente "colocar" e "retirar" eletricidade. Conhecida como poder das pontas, essa propriedade dos metais foi usada por Franklin para atrair raios e mostrar que a descarga que produziam era da mesma natureza daquela produzida pelas garrafas de Leyden e pelas máquinas eletrostáticas.

Guarda-chuva com para-raios do final do século XVIII. Ao contrário do que se supunha, em vez de um equipamento de proteção tratava-se na verdade de um dispositivo extremamente perigoso, que expunha seu usuário a eventuais descargas elétricas de raios.

Matematizando a força elétrica — o trabalho de Coulomb

A eletricidade teve grande desenvolvimento ao longo do século XVIII graças às realizações experimentais. No entanto, muitos dos filósofos naturais, principalmente os que adotavam a visão mecanicista, ainda não estavam satisfeitos. Achavam necessário buscar relações algébricas que descrevessem os fenômenos analisados, pois acreditavam ser a matemática o caminho para se compreender a natureza. Foram realizadas diversas tentativas de encontrar relações matemáticas satisfatórias. A maioria delas, porém, acabou em grande frustração, em parte devido à falta de equipamentos, mas também pela confusão sobre quais grandezas importantes deviam ser medidas. Enquanto os estudos de eletricidade e magnetismo se desenvolviam com trabalhos experimentais e teóricos, esses filósofos intensificavam a busca de uma relação que descrevesse como variava a força elétrica entre dois corpos eletrizados.

O trabalho de maior destaque nesse campo deve-se ao engenheiro militar francês Charles Coulomb (1736-1806). Por meio de uma balança de torção, ele concluiu que as forças elétricas e magnéticas eram de naturezas diferentes, não havendo nenhuma ligação entre elas. Além disso, comprovou a hipótese, já defendida por vários filósofos naturais, de que a expressão matemática para calcular a força elétrica entre corpos eletrizados tinha formato semelhante àquela proposta por Newton para a atração gravitacional. Para o caso da força elétrica, é possível escrever a seguinte fórmula:

$F = K \times Q \times q / R^2$
em que:
Q = carga elétrica de um dos corpos
q = carga elétrica do outro corpo
R = distância entre os corpos.

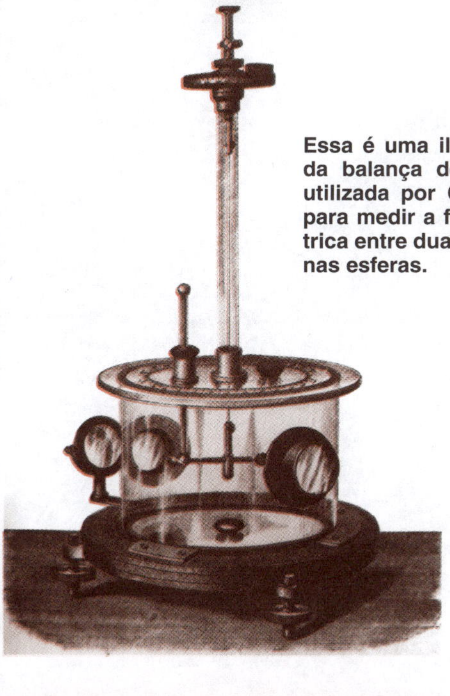

Essa é uma ilustração da balança de torção utilizada por Coulomb para medir a força elétrica entre duas pequenas esferas.

Observe como ela é semelhante à expressão matemática construída por Newton para explicar a atração gravitacional entre dois corpos:

$F = G \times M \times m / R^2$

K e G eram tidas como constantes universais, invariáveis. Hoje sabemos que a constante G é universal, mas que a constante K varia em função do meio em que as cargas elétricas estão imersas.

O trabalho de Coulomb foi muito importante para os mecanicistas: eliminava qualquer dúvida a respeito da validade das leis da mecânica para explicar os diferentes fenômenos da natureza. Além disso, mostrava que os fenômenos elétricos e magnéticos não se misturavam. Ou seja, o movimento de fluidos elétricos explicava os fenômenos elétricos, e o de fluidos magnéticos, os fenômenos magnéticos.

O impacto do trabalho de Coulomb foi tal que desencadeou o desenvolvimento de várias análises matemáticas pelos estudiosos da eletricidade. Desses estudos, surgiu um campo do conhecimento que hoje chamamos eletrostática.

No entanto, apesar do reforço dado pelo trabalho de Coulomb às ideias mecanicistas, vários filósofos naturais continuaram suas investigações distantes desse pressuposto. Alguns defendiam não ser possível explicar todos os fenômenos naturais à luz das leis da mecânica. Outros questionavam até mesmo a eficácia dessas leis no estudo da eletricidade e do magnetismo. Havia também quem defendesse a ideia de que a natureza estava permeada por forças imateriais, que se constituíam nas fontes dos diferentes fenômenos, entre os quais a vida.

CAPÍTULO 2

E nasce a **pilha**

Corbis/Stock Photos

Paralelamente aos trabalhos de Franklin e de Coulomb, a eletricidade e o magnetismo despertavam cada vez mais a atenção de cientistas de outras áreas.

Um dos experimentos mais marcantes foi o do médico italiano Luigi Galvani (1737-1798). Ele defendia com alguns outros filósofos dedicados ao estudo da vida a ideia de que haveria uma eletricidade animal, um fluido neuroelétrico especial, como eles denominavam na época, que ao circular nos nervos provocava as diferentes contrações observadas nos músculos. Galvani dedicou-se a realizar experimentos envolvendo descargas elétricas em músculos de órgãos vivos e mortos. Apesar de conhecer resultados experimentais sobre o assunto, acreditava que novas investigações poderiam trazer confirmações para sua teoria.

Em seus trabalhos, Galvani verificou espasmos em rãs mortas quando se produzia uma descarga elétrica no corpo desses animais. Mostrou também a possibilidade de se eletrizar uma caveira, de modo semelhante ao que era feito com uma garrafa de Leyden. Buscando novas evidências da eletricidade animal, Galvani criou situações experimentais com o propósito de provocar espasmos nas rãs sem nenhuma descarga elétrica externa. Conseguiu o efeito desejado quando associou às pernas de uma rã morta um arco bimetálico, ou seja, um arco em que dois metais distintos eram conectados.

Para explicar os novos resultados, Galvani considerou o corpo da rã como uma garrafa de Leyden, que teria a capacidade de armazenar a eletricidade animal. Assim, o papel daquele arco bimetálico seria o de permitir que a eletricidade animal fosse liberada, e, então, contrações fossem produzidas.

Reprodução

Reprodução

Estas ilustrações encontram-se no livro de Galvani *De Viribus electricitatis in motu musculari*, de 1791. Observe que em todos os casos temos um circuito fechado, em que uma parte do corpo de um animal completa o circuito.

NOSSO TEMPO

FRANKENSTEIN E A RECONSTRUÇÃO DA VIDA

As experiências com eletricidade animal encantavam muitas pessoas, assustavam outras, enfim, mexiam com o imaginário popular. Seja por meio de livros ou de filmes, você já deve ter ouvido falar da história de Frankenstein. Essa história de terror, escrita em 1817 pela inglesa Mary Shelley, desencadeou diferentes versões no mundo todo e arrepiou os cabelos de várias gerações. A versão original conta a história de um médico de Genebra, chamado Victor Frankenstein, que usa a eletricidade para dar vida a um ser construído com as partes de diversos cadáveres. Nessa trama, Mary Shelley explicitou uma questão muito importante de sua época: a reconstrução da vida. E não foi por acaso que Mary Shelley a escreveu. A autora inglesa participava, na época, de debates sobre o assunto, tendo inclusive presenciado a exposição de algumas experiências similares às realizadas por Galvani, Volta e outros. Assim, ao lermos seu livro, chegamos mais perto das surpresas e dos sustos que aqueles estudos trouxeram aos homens que vivenciaram esse debate sobre a vida.

Muito interessado por química e eletricidade, o cientista italiano Alessandro Volta (1745-1827) dedicou-se às experiências de Galvani. Embora tivesse aceito inicialmente as propostas do médico, Volta procurou demonstrar experimentalmente que as conclusões de Galvani eram equivocadas.

Após realizar vários experimentos, Volta verificou que dois metais distintos em contato formavam uma fonte de eletricidade. Assim, explicava que, na experiência de Galvani, as pernas da rã se contraíam porque conduziam o fluido elétrico produzido pelos metais. As contrações seriam, então, decorrentes da passagem do fluido elétrico pelo corpo da rã. Não havia, para Volta, a descarga da eletricidade que Galvani supunha estar armazenada na rã.

Você já deve ter percebido que as explicações dos dois cientistas eram contraditórias. Enquanto Galvani defendia que os metais funcionavam simplesmente como condutores do fluido elétrico animal, Volta contra-argumentava que era a rã o elemento condutor.

Os debates entre os defensores dessas duas interpretações foram intensos, seguidos de novos experimentos que pudessem comprovar o acerto de suas teorias. Volta, por exemplo, procurou aperfeiçoar suas experiências iniciais. Seu objetivo era encontrar uma forma de aumentar a produção de eletricidade inicialmente obtida com os dois metais. Em uma de suas numerosas tentativas, empilhou placas de zinco e cobre, colocando entre cada par um papel umedecido numa solução ácida. Quando tentou ligar as duas extremidades da pilha por meio de um fio, observou que a simples aproximação do condutor produzia uma faísca. Devido à sua forma, o dispositivo recebeu o nome de pilha elétrica ou pilha de Volta.

Para Volta, a pilha foi a prova definitiva de que a interpretação de Galvani

Essa é a imagem de uma pilha semelhante àquela construída por Alessandro Volta, em 1799. A pilha original encontra-se em exposição em Como, cidade do norte da Itália, onde Volta desenvolveu suas pesquisas. Hoje, existe em Como um prédio conhecido como Templo de Volta, que expõe objetos e aparatos técnicos usados pelo cientista ao longo de sua vida. Trata-se de um verdadeiro museu dedicado a ele. A importância do trabalho desse físico italiano foi tal que atraiu para Como a realização de congressos em homenagem a aniversários da pilha. Em alguns desses eventos, cientistas muito importantes, como Einstein e Bohr, expuseram seus trabalhos.

estava equivocada. Afinal, uma faísca havia sido produzida pelo simples empilhamento de metais. Concluiu, então, que os papéis umedecidos de seu aparelho e a rã do experimento de Galvani eram meros condutores, ou seja, os elementos que permitiam a descarga da eletricidade produzida pelos metais.

Se você já estudou o funcionamento das pilhas, também conhecidas por células eletroquímicas, pode ter estranhado a explicação de Volta. Afinal, aprendemos que todos os elementos da pilha são importantes na produção de eletricidade e não apenas os metais.

Não se espante. Nem sempre os aparatos técnicos foram elaborados com as teorias que explicam seu funcionamento. No caso da pilha, vários anos foram necessários para que a explicação hoje aceita fosse construída.

Apesar de a teoria de Volta não ser a que hoje consideramos verdadeira, muitos cientistas do século XIX a adotaram

UM NOVO CAMINHO PARA A QUÍMICA

O químico francês Antoine Lavoisier (1743-1794) havia demonstrado experimentalmente que a água é uma substância composta. Esse foi um dos fatos que despertaram a atenção dos químicos para o estudo das análises (decomposições) e das sínteses (recomposições). Muitos deles utilizavam a eletricidade em suas experiências, porém esse uso era extremamente limitado pelas fontes de eletricidade conhecidas na época — as máquinas eletrostáticas e as garrafas de Leyden — que forneciam apenas descargas momentâneas. Os químicos viram na pilha de Volta uma alternativa promissora para seus trabalhos de análise e não perderam tempo para integrar o novo instrumento aos seus laboratórios. Em 1800, a pilha foi usada para aperfeiçoar um novo método de análise: a eletrólise. Esse processo permitia decompor substâncias que haviam resistido ao calor e à ação química.

A eletrólise foi usada também para decompor a água. Os experimentos realizados com o líquido vieram confirmar os trabalhos de Lavoisier, mas ao mesmo tempo apresentaram aos químicos novas questões a serem exploradas. Por exemplo, quando usavam cloreto de sódio (NaCl) para provocar eletrólise da água, acontecia, como se esperava, a liberação do hidrogênio para o chamado polo negativo (que hoje recebe o nome de cátodo) e do oxigênio para o polo positivo (denominado atualmente ânodo). No entanto, ocorria também a formação de algo inesperado: uma base. Como explicar esse fato? Para responder a essa questão, era preciso investigar a pilha.

Mas não foi só esse tipo de indagação que surgiu. O dispositivo de Volta dava margem a outras questões, como: que tipos de reações ocorriam entre os metais e o papel umedecido? Qualquer líquido que umedecesse o papel provocaria o efeito da pilha original? Haveria alguma relação entre reação química e eletricidade? Volta interpretou o fenômeno sem investigar o tipo de reação que estaria ocorrendo entre os metais e o papel umedecido. Mas os químicos perceberam que ali estaria a raiz da explicação do fenômeno e se debruçaram sobre o problema. Foi desse estudo que surgiu uma nova área da química: a eletroquímica.

em seus trabalhos. Mesmo os que a rejeitaram perceberam a grande novidade desse dispositivo. A pilha era um aparelho muito especial, bem mais poderoso que as conhecidas garrafas de Leyden e as máquinas eletrostáticas.

Até então só se conseguira fornecer eletricidade de forma descontínua para os corpos. As garrafas de Leyden, as máquinas eletrostáticas e os relâmpagos provocavam apenas uma descarga elétrica. No caso da pilha, havia uma corrente elétrica circulando de forma contínua por um tempo bastante longo.

A pilha de Volta revolucionou o desenvolvimento da ciência, principalmente da eletricidade, do magnetismo e da química. Em pouco tempo, ela passou a equipar os laboratórios de todos os filósofos naturais, pois permitia a observação de efeitos até então impossíveis de serem obtidos.

A pilha abriu fronteira à ciência, porém sua importância não se restringiu ao desenvolvimento científico. A tecnologia que envolve nossa vida hoje não seria a mesma sem a pilha. Vários dos aparelhos que utilizamos em nosso cotidiano precisam de uma pilha ou de uma bateria para funcionar.

As pilhas atuais são bem diferentes da construída por Volta. Elas não são mais formadas por discos de materiais diferentes empilhados com panos umedecidos. Temos hoje pilhas secas, que dispensam a utilização de líquidos. Além dessas, existem também as pilhas recarregáveis, que podem retornar à situação inicial, anterior ao uso, desde que devidamente preparadas.

A pilha trouxe ao ser humano uma nova forma de interferir na natureza. Mas não eliminou, no século XIX, os debates teóricos a respeito das experiências de Galvani. Alessandro Volta realmente deu força aos que defendiam uma visão mecanicista da natureza. Afinal, seus trabalhos indicavam ser a eletricidade um fenômeno único, provocado pelo movimento de fluidos elétricos materiais. Suas experiências, ao apresentarem a rã como mero condutor, reforçavam a ideia de que não existia nehuma relação entre eletricidade e vida, assim como não havia entre eletricidade e magnetismo.

Apesar disso, a crítica ao mecanicismo ganhava cada vez mais força no final do século XVIII e início do século XIX. Mesmo com a pilha, as pesquisas sobre eletricidade animal apresentavam resultados experimentais e teorias que satisfaziam aos que realizavam trabalhos científicos longe dos pressupostos mecanicistas. Essas pesquisas foram, inclusive, usadas como respaldo à visão de natureza defendida pelos adeptos da *Naturphilosophie* — filosofia natural romântica —, um movimento filosófico e cultural que surgiu na Europa em fins do século XVIII, com uma proposta muito diferente da dos mecanicistas.

Esse movimento, que ultrapassou os muros da ciência, foi muito importante para o desenvolvimento da eletricidade e do magnetismo. Para compreender essa importância, vamos fazer uma rápida visita à *Naturphilosophie*.

CAPÍTULO 3

Uma reação contra os mecanicistas

A filosofia natural romântica foi uma resposta à postura racional e científica diante da sociedade e da natureza, adotada na Europa com o Iluminismo. Ao criticar o pensamento mecanicista, os românticos defendiam que o ser humano devia buscar a liberdade de emoção.

O romantismo nas artes plásticas

Observar a produção artística de determinada época nos ajuda a entender as questões tanto sociais como científicas enfrentadas pela sociedade. Vamos analisar dois quadros da época que estamos estudando.

Reprodução

Newton **(1795), quadro de William Blake.**

Corbis/Stock Photos

O quadro da página anterior foi pintado por William Blake (1757-1827), poeta e artista plástico inglês, representante do romantismo. Para ele, a arte era pura atividade do espírito, fruto da inspiração. A ciência, apesar de ter aspectos sublimes, estava fadada ao fracasso. Era limitada. Por meio dela, não seria possível conhecer a realidade. A pintura destacada simboliza a crítica de Blake à razão matemática e científica. O homem sentado na pedra é Newton, que procura, na matemática, a verdade que estaria nas coisas. Quer conhecer a natureza, porém não a observa, volta-se exclusivamente para o papel e para seus instrumentos matemáticos, compassos e fórmulas.

Outro representante desses ideais nas artes plásticas foi o pintor espanhol Francisco Goya (1746-1828). No quadro abaixo, os soldados, à direita, seriam integrantes do exército francês. A França foi a grande representante do Iluminismo e, portanto, da racionalidade científica na Europa. Assim, ao pintar os soldados como figuras humanas que não possuem rostos que as identifiquem, Goya critica a ordem racional científica. Apresentou esses personagens como fantoches uniformizados representando uma ordem que desconsidera o ser particular de cada indivíduo e era muito violenta. A fonte de luz do quadro é uma lanterna, cuja forma cúbica simboliza a razão matemática. Apesar dela, todo o resto se mantém na escuridão.

Para Goya, a razão científica superou o obscurantismo do clero medieval, mas

Os fuzilamentos de 3 de maio de 1808 **(1814), quadro de Francisco Goya.**

trouxe o terror. Por isso, ele argumentava que a crença religiosa havia sido trocada pela superstição da razão matemática e científica.

Dentro dessa perspectiva de crítica à razão matemática e científica, os filósofos naturais românticos estudavam a natureza contrapondo-se aos mecanicistas. Aceitavam muitas das leis matemáticas construídas pelos mecanicistas. Percebiam que sua utilização permitia prever muito bem quando e como certo fenômeno ocorreria no futuro, porém julgavam isso insuficiente. Na descrição matemática de um fenômeno, somente as características quantitativas, aquelas que poderiam ser traduzidas em números, eram consideradas importantes. A análise matemática possibilitava apenas estudar as grandezas medidas num laboratório ou obtidas indiretamente por meio dessas medidas, como massa, força, tempo, distância e velocidade. E isso, para os românticos, era muito pouco perante a diversidade e riqueza da natureza. Para conhecê-la amplamente, era necessário considerar as cores, os sentidos, enfim, as qualidades desprezadas pelos estudos científicos que enfatizavam as análises matemáticas.

Pense na diversidade que uma floresta apresenta. As árvores possuem formas e tamanhos variados, as espécies animais são inúmeras. Nem mesmo a temperatura é a mesma em todos os seus locais. Mas não é só na floresta que encontramos essa diversidade. Os mares, as lagoas e os rios também diferem muito. Por conter elementos tão diferentes, poderíamos pensar que não existe nenhuma relação entre os componentes da natureza. Mas os filósofos naturais românticos defendiam que, se observássemos com mais cuidado esses elementos, perceberíamos o elo entre todos eles.

Dentro dessa concepção, portanto, o universo era visto como um ser harmônico, orgânico, de forma que todos os seus fenômenos estavam relacionados. Para explicá-lo, precisaríamos mergulhar em seu interior e encontrar um princípio unificador. Esse princípio não era material, ou seja, não residia no fato de todos os fenômenos serem explicados a partir da ideia de força e movimento entre partículas ou entre fluidos materiais. O princípio unificador era muito mais que isso. Haveria na natureza uma força vital.

Foi nesse contexto de conflito entre as duas concepções de mundo — mecanicista e romântica — que nasceu o eletromagnetismo. Nesse processo, encontraremos personagens tanto de uma como de outra corrente do pensamento, responsáveis por experimentos e teorias fundamentais para o desenvolvimento dessa ciência.

Apesar de a natureza se apresentar, aparentemente, como algo muito diversificado, existia, segundo os filósofos naturais românticos, uma forte relação entre os diferentes fenômenos naturais. Esse elo unificador era o elemento que possibilitava conhecê-la. Aos cientistas cabia, portanto, procurar esse elo em suas investigações, desvendando as grandes relações entre os diferentes fenômenos.

CAPÍTULO 4

A experiência revela: há uma forte relação entre a eletricidade e o magnetismo

Corbis/Stock Photos

O cientista Hans Christian Oersted (1777-1851) viveu intensamente o conflito entre as visões de mundo dos mecanicistas e dos filósofos naturais românticos. Nascido e educado num pequeno vilarejo da Dinamarca, teve uma boa formação linguística graças aos vizinhos e amigos. E com os livros e a farmácia de seu pai, obteve conhecimentos de Química e Física.

Aos 17 anos, partiu para a capital, Copenhague, onde ingressou na universidade. Pessoa curiosa essa! Em 1795, recebeu um prêmio por um trabalho em expressões poéticas, em 1797, formou-se em farmácia e em 1799, doutorou-se em Filosofia. Na verdade, a literatura, a filosofia e a ciência o acompanharam durante toda a vida.

Em 1800, a convite de um antigo professor, foi trabalhar como farmacêutico na faculdade de medicina. Nessa mesma época, começou a realizar experiências sobre eletricidade e a usar a pilha de Volta. E estudou a eletricidade com afinco. Oersted via a natureza como um ser vivo, dotado de alma capaz de gerar todas as forças naturais conhecidas, sendo, portanto, a responsável por todos os fenômenos naturais. Ou seja, todos esses fenômenos eram gerados por um único poder original.

Muitos dos efeitos térmicos, luminosos e químicos produzidos por descargas e correntes elétricas já eram observados pelos filósofos naturais do século XIX. Oersted, que conhecia muito bem esses resultados experimentais, considerava-os muito importantes. Afinal, respaldavam sua ideia de que havia na natureza um princípio único original. Essas experiências, segundo ele, não deixavam dúvidas de que os efeitos térmicos, luminosos e químicos estavam todos relacionados e eram gerados por um único poder: a eletricidade.

Apesar disso, o cientista dinamarquês acreditava na possibilidade de novas evidências. Para ele, um trabalho experimental rigoroso mostraria que o magnetismo também era gerado pelo mesmo princípio do calor, da luz e dos efeitos químicos. Assim, dedicou-se a buscar formas de relacionar o magnetismo à eletricidade.

Você já deve ter percebido que a forma como Oersted compreendia a natureza o aproximava dos filósofos naturais românticos. Realmente, sua busca não era isolada. Ele vivia num ambiente em que era significativo o número de pesquisadores que dedicavam seus trabalhos a demonstrar a afinidade entre os diferentes fenômenos. Para a maioria desses pesquisadores, a eletricidade também aparecia como o elemento unificador.

Oersted teve grande contato com esses filósofos naturais, que o consideravam um personagem importante para o desenvolvimento das pesquisas. Frequentemente, recebia correspondências dessas pessoas, informando-lhe as dificuldades encontradas e as conquistas realizadas. Foi nesse ambiente que produziu o trabalho de maior importância de sua vida: a experiência da agulha imantada.

A experiência da agulha imantada

O conhecimento de diferentes trabalhos científicos de sua época indicou a Oersted que caminhos devia seguir na busca de uma relação explícita entre eletricidade e magnetismo. Muitos já haviam procurado, em vão, evidenciar essa relação por meio de vários experimentos como aquele em que uma bússola era aproximada das extremidades de uma pilha isolada, isto é, não conectada a nenhum circuito. Esses aparentes fracassos na procura da ligação entre os dois fenômenos sinalizaram para Oersted um novo caminho: em suas experiências, ele passou a observar o que acontecia nas imediações de um fio condutor atravessado por corrente elétrica.

Para tanto, realizou vários experimentos aproximando uma agulha imantada a um fio condutor retilíneo, por onde passava uma corrente elétrica. Depois de algumas tentativas, o resultado foi animador: ele percebeu que a agulha imantada sofria uma perturbação ao ser aproximada de um fio condutor atravessado por corrente elétrica.

UMA EXPERIÊNCIA: SURGE O ELETROMAGNETISMO

Para melhor compreender as novidades apresentadas por Oersted, reproduza a experiência da agulha imantada.

Você vai precisar de:

- bússola
- fio de cobre esmaltado
- duas pilhas grandes de 1,5 V, ligadas em série. (Para que as pilhas fiquem em série, ligue o polo positivo de uma ao negativo da outra.)
- cilindro (rolo de papel higiênico)

Ligue o fio (descascado nas extremidades) aos polos positivo e negativo das duas pilhas. Movimente a bússola sobre o circuito formado. Você observará pequenas alterações na posição da agulha.

Para aumentar o efeito, enrole um fio em torno de um cilindro, como aquele de rolos de papel higiênico — que pode ter a mesma espessura do outro fio que você usou —, como indica a figura. Dê cerca de vinte voltas. Quanto mais voltas você der no fio, melhor será a visualização do efeito. O fio enrolado dessa forma é chamado bobina. Ligue, agora, as pilhas à sua bobina. Passe a bússola nas regiões próximas à bobina e observe o que ocorre com a agulha do instrumento.

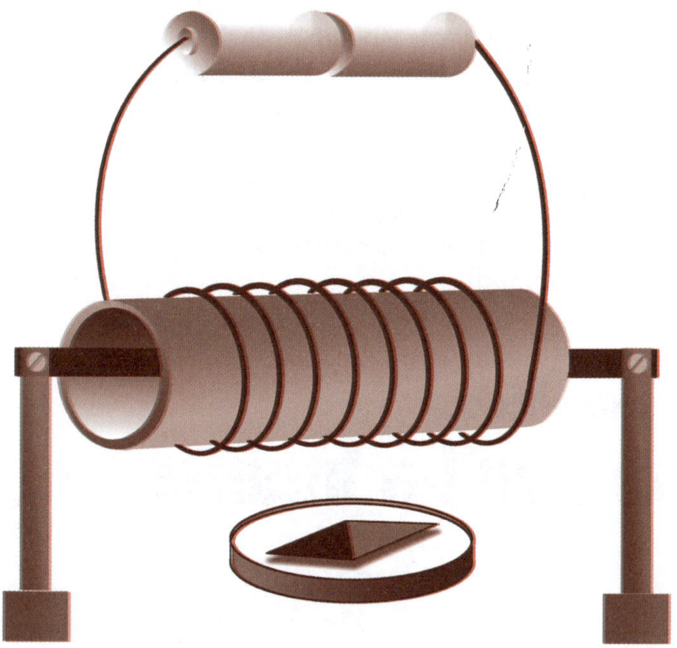

Quanto mais próximo estiver um enrolamento do outro (uma espira da outra), maior será o efeito por você observado.

Em 1820, no artigo intitulado "Experimentos sobre o efeito do conflito elétrico sobre a agulha magnética", Oersted descreveu minuciosamente o seu experimento, apresentando, ainda, uma explicação teórica. Esse artigo foi uma grande surpresa para o mundo científico da época. Pela primeira vez um cientista mostrava que uma agulha imantada podia se movimentar na presença de uma corrente elétrica. Um efeito elétrico produzira um efeito magnético. Estaria, então, provado que os fenômenos elétricos e magnéticos tinham ligação e que, portanto, a natureza era um todo orgânico?

SPL/Stock Photos

Muitos livros apresentam o experimento com a agulha imantada, afirmando que Oersted observou a deflexão da agulha acidentalmente. A história de sua vida aliada ao movimento dos filósofos naturais românticos nos faz suspeitar dessa casualidade. Ele mesmo negou que sua descoberta fora acidental. Dificilmente, sem estar procurando alguma relação entre eletricidade e magnetismo, um cientista chegaria àqueles resultados.

Para Oersted, a experiência da agulha imantada constituía a prova definitiva para a concepção de natureza orgânica. A descrição da experiência e a explicação do dinamarquês no artigo de 1820 eram coerentes. O experimento pôde ser facilmente reproduzido por outros cientistas, e todos que trabalhavam com eletricidade precisaram, a partir de então, considerar, em seus trabalhos, o efeito da corrente elétrica sobre a agulha magnética. Nascia dessa forma o eletromagnetismo.

Embora os resultados experimentais tenham sido aceitos por todos, os mecanicistas recusavam a explicação de Oersted. Eles não podiam rejeitar evidências como a deflexão da agulha ocorrida no experimento, mas buscavam uma nova interpretação para o acontecimento — uma explicação que fosse distante da ideia de que os diferentes fenômenos naturais possuem o mesmo princípio gerador. Afinal, para eles, a natureza era constituída por partículas e fluidos distintos, cujas forças de interação explicavam os diferentes acontecimentos observados.

CAPÍTULO 5

Duas explicações conflitantes

Os mecanicistas procuraram responder imediatamente ao experimento de Oersted. O físico francês Jean-Baptiste Biot (1774-1862), defensor dessa corrente, reconhecia esses resultados experimentais, mas deu outra interpretação às evidências.

Biot rejeitava a ideia de unidade da natureza nos moldes defendidos por Oersted. Para ele, o que existia de comum entre os fenômenos era o fato de todos poderem ser explicados por meio de forças de atração e repulsão entre partículas ou fluidos materiais distintos. A partir de sua visão de mundo, construiu uma explicação muito diferente para o experimento da agulha imantada.

Para Biot, o movimento da agulha não poderia ser diretamente provocado pela corrente elétrica. Seu argumento baseava-se no experimento de Coulomb com a balança de torção: ali ficara provado que eletricidade e magnetismo eram independentes, ou seja, os efeitos elétricos eram provocados exclusivamente por fluidos elétricos, e os magnéticos, por partículas magnéticas. Porém, como não podia negar os resultados experimentais de Oersted, empenhou-se na construção de uma teoria que explicasse o movimento da agulha imantada naquele experimento, sem contradizer as conclusões de Coulomb.

Corbis/Stock Photos

Sua hipótese era a de que a corrente elétrica ao passar por um condutor fazia com que as partículas do fio adquirissem propriedades magnéticas — como se as partículas se transformassem em pequenos ímãs. Assim, eram as partículas, os pequenos ímãs, e não a corrente elétrica, que geravam a atração magnética.

Analise essa teoria. Veja se ela resolvia o problema de Biot. No final das contas, não era a corrente elétrica que causava a magnetização das partículas do fio? Sim, em última instância, era ela a responsável pela movimentação da agulha imantada.

Na verdade, a experiência de Oersted mostrara uma inegável relação entre eletricidade e magnetismo. Mesmo assim, Biot acreditava que sua teoria sobre o movimento da agulha imantada pertencia a uma explicação mecanicista. Isso porque, por meio dela, preservava o princípio geral do mecanicismo, ou seja, os efeitos magnéticos, como o movimento de agulhas imantadas, só seriam provocados pelas forças originadas por partículas magnéticas.

Além de explicar fisicamente o fenômeno evidenciado por Oersted, Biot procurou relacionar com fórmulas matemáticas as grandezas físicas ali envolvidas. Para um físico como ele, era inadmissível a ausência de relações matemáticas. Apenas os experimentos e as teorias não lhe bastavam. Por isso, empenhou-se na elaboração de uma expressão matemática que permitisse determinar a intensidade da força magnética produzida sobre qualquer agulha imantada nas condições da experiência de Oersted.

Para construir a expressão matemática, Biot foi, em primeiro lugar, buscar auxílio na lei de Coulomb. Não teve, porém, bons resultados nesse empreendimento. A fórmula que lhe garantiu êxito foi construída em conjunto com outro filósofo francês, Félix Savart (1791-1841), a partir de análises de pesquisas realizadas em laboratório. O sucesso de Biot e Savart foi grande, e a expressão matemática que elaboraram ainda é usada no estudo do eletromagnetismo.

O debate filosófico provocado pelo experimento da agulha imantada não se encerrou nesse episódio. Na verdade, os trabalhos de Oersted e as respostas de Biot, apesar de conflitantes, geraram muitos frutos para o desenvolvimento científico e propiciaram a criação de vários artefatos tecnológicos.

Depois do trabalho de Oersted, outros cientistas franceses também contribuíram significativamente para o estudo do eletromagnetismo. Um deles foi André-Marie Ampère (1775-1836), cujo nome ouvimos toda vez que se fala em corrente elétrica. Ampère cresceu numa pequena vila próxima a uma cidade francesa chamada Lyon. O seu interesse era muito amplo, o que o levou a estudar história natural, latim, grego, italiano e a se dedicar à literatura, à botânica e à filosofia.

Muito entusiasmado pela filosofia, Ampère sempre procurou, em seus trabalhos científicos, as relações entre os fenômenos. Ele acreditava em Deus, na existência de uma alma imortal e não duvidava da realidade do mundo à sua volta. Seus estudos em filosofia e sua fé religiosa deram-lhe um olhar muito particular sobre a ciência. Defendia que, embora as experiências fossem importantes e indicassem um caminho seguro ao cientista, a ciência não podia se basear exclusivamente nas experiências e observações da natureza. Era preciso ir além dos fatos experimentais e investigar a causa dos fenômenos estudados.

Até 1820, ano da publicação do artigo de Oersted, a participação de Ampère

Ampère teve uma vida pessoal bastante tranquila até os 18 anos. A situação começou a mudar em 1793, quando seu pai foi guilhotinado pelos líderes da Revolução Francesa.

na comunidade científica foi pequena. Tinha publicado alguns artigos na área de Química e de Matemática e conhecia os trabalhos de Oersted. Porém os resultados da experiência da agulha imantada o impulsionaram a estudar eletricidade e magnetismo. Acreditava que as possibilidades daquela situação experimental não tinham ainda sido esgotadas, e, assim, passou a realizar novas experiências.

Sua primeira iniciativa foi reproduzir o experimento de Oersted. Nesse processo, entendeu ser a deflexão da agulha uma combinação da ação da corrente elétrica com a ação da força magnética gerada pela Terra. Assim, procurou investigar o real poder magnético do fio condutor, eliminando o efeito magnético da Terra. Conseguiu desenvolver um dispositivo, usando ímãs e fios condutores, em que o efeito do magnetismo terrestre era praticamente desprezível. Explorando essa nova situação, percebeu que a agulha imantada se posicionava sempre a 90° da direção por onde circulava corrente elétrica. Essa observação, aparentemente simples, permitiu-lhe construir um aparelho que revolucionou os trabalhos experimentais envolvendo eletricidade: o galvanômetro.

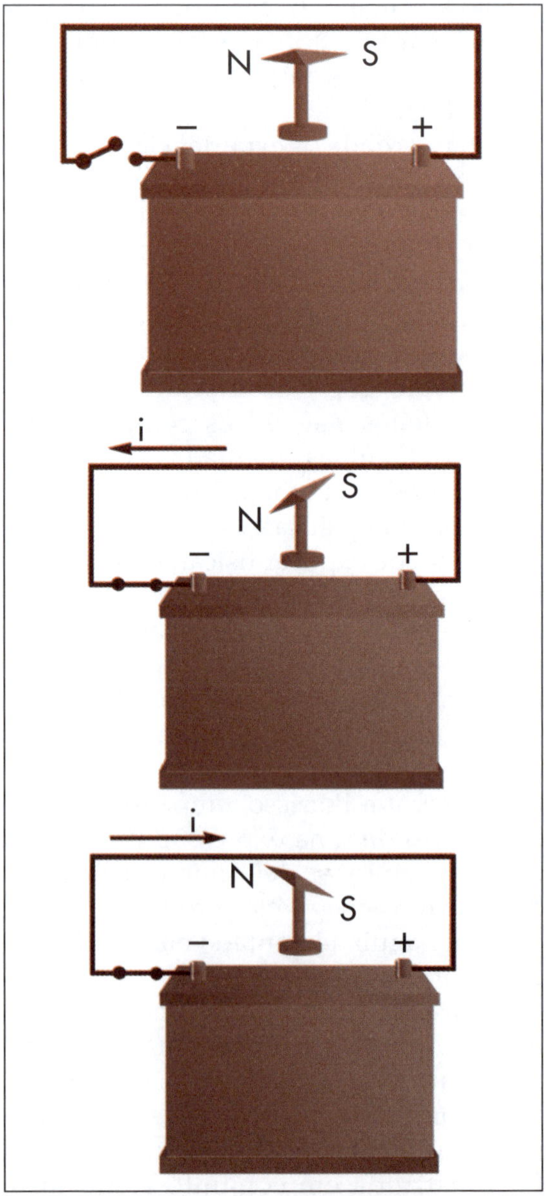

NOSSO TEMPO

VOCÊ SABE O QUE É UM AMPERÍMETRO?

Quando um técnico vai à sua casa consertar um aparelho eletrodoméstico ou um eletricista é chamado para verificar determinada instalação elétrica, eles, com certeza, dispõem na bagagem de um amperímetro. Esse aparelho é utilizado para determinar a intensidade de corrente elétrica dos circuitos. E para que possa indicar essa intensidade, ele precisa ser atravessado pela corrente. Por isso, deve ser colocado em série ao elemento do circuito que desejamos medir a intensidade de corrente elétrica.

Existem medidores de corrente cuja leitura é obtida pelo efeito magnético gerado ao redor do fio. São chamados amperímetros de alicates e apresentam a grande vantagem de não precisar cortar o circuito para medir a corrente elétrica.

Albay Estúdio

O galvanômetro construído por Ampère foi o precursor dos amperímetros. No século XIX, esse aparelho representou uma grande novidade para as pesquisas científicas, pois mostrava uma forma de determinar a corrente sem grande interferência externa. Com ele, foi possível determinar as correntes elétricas de um circuito com uma precisão nunca antes obtida.

Com o galvanômetro, foi possível avaliar a corrente elétrica num circuito formado por uma pilha e um fio condutor. Verificou, dessa forma, que a corrente elétrica não diminuía de valor ao longo de um fio comprido.

O galvanômetro permitiu-lhe também mostrar que na pilha circulava uma corrente elétrica do mesmo tipo da que fluía no fio condutor. Essa demonstração ia contra as explicações de Biot e de outros, para os quais na pilha não circulava corrente. Nessa trajetória, Ampère construía experiências e argumentos teóricos que o afastavam cada vez mais dos adeptos do mecanicismo.

Os experimentos realizados por Ampère até então e sua crença de que a partir da eletricidade era possível compreender todos os fenômenos físicos levaram-no a criar uma teoria especial para explicar a relação entre eletricidade e magnetismo:

todo efeito magnético, mesmo aquele criado por ímãs, era causado por correntes elétricas circulares, ou seja, correntes elétricas que caminhassem num círculo, como aquelas em torno de uma espira.

Veja! Estamos falando de todo efeito magnético. Logo, para Ampère, dois ímãs se atraíam porque existiam correntes elétricas circulares no interior de cada um deles.

Num curto intervalo de tempo, ele desenvolveu vários experimentos a respeito do eletromagnetismo, o que dá uma ideia da atenção que lhe despertou o trabalho de Oersted.

Ampère criou uma única teoria para explicar fatos aparentemente distintos: atração entre ímãs e movimentação de uma agulha imantada na presença de uma corrente elétrica.

UMA EXPERIÊNCIA: FAÇA VOCÊ MESMO OS EXPERIMENTOS DE AMPÈRE

Apresentamos a seguir alguns dos experimentos construídos por Ampère para que você possa compreender melhor a teoria desse cientista e as novidades que ela trouxe aos que se dedicavam à ciência naquela época.

Em suas primeiras investigações experimentais, Ampère enrolou um fio metálico em um tubo de vidro e suspendeu esse conjunto por um cordão amarrado no centro. Como defendia que todo efeito magnético era produzido por correntes elétricas circulares, acreditava que era possível simular uma agulha magnetizada com esse dispositivo. Assim, esperava que a bobina se movimentasse como uma bússola, devido à interação entre ela e a Terra. Para seu desencanto, porém, só conseguiu detectar o movimento da bobina quando dela aproximou um ímã.

Experiência 1

Você vai precisar de:

- tubo de papelão
- fio de cobre esmaltado
- 2 pilhas grandes (1,5 V)
- ímã (ímãs de alto-falante são excelentes para esse experimento)

Você pode verificar, assim como fez Ampère, o movimento de uma bobina na presença de um ímã. Para isso, pegue um tubo de papelão e nele enrole um fio de cobre esmaltado. Dê cerca de quarenta voltas no fio e tome cuidado para que as voltas fiquem lado a lado. Ligue essa bobina às duas pilhas em série. Feito isso, aproxime um ímã da bobina.

Ao aproximar um dos polos do ímã à bobina, você perceberá a atração entre esses elementos. Se inverter o polo do ímã, observará uma repulsão.

Experiência 2

Outra experiência montada por Ampère para obter evidências experimentais de sua teoria foi a que realizou colocando lado a lado duas bobinas. O pesquisador francês imaginava que uma bobina teria um comportamento similar ao de um ímã. Assim, quando aproximasse duas bobinas uma da outra, verificaria fortes atrações e repulsões. Esperava também que, se as correntes elétricas que circulavam nas bobinas fossem de sentido contrário, observaria grandes atrações entre os dois dispositivos. Se, no entanto, o sentido fosse o mesmo, notaria grandes repulsões. Segundo Ampère, isso ocorreria porque correntes em mesmo sentido criariam ímãs com polos iguais, e correntes opostas, ímãs com polos diferentes. Porém, para seu espanto, verificou apenas fraquíssimas atrações quando as correntes nos dois fios circulavam no mesmo sentido.

Mas por que Ampère não obteve o sucesso que esperava nesse experimento? Antes de explicar esse fato, precisamos retomar outras questões. Então, vamos por partes!

Apesar do fracasso inicial, ele não abandonou a ideia de construir experimentos que mostrassem terem os ímãs e bobinas comportamentos similares. Em suas análises, verificou as atrações e repulsões procuradas, ao achatar a bobina.

Você pode também facilmente reproduzir esse experimento. Enrole duas bobinas achatadas (coloque uma volta sobre a outra). Ligue cada uma delas a uma pilha grande de 1,5 V. Aproxime-as e verifique o que ocorre.

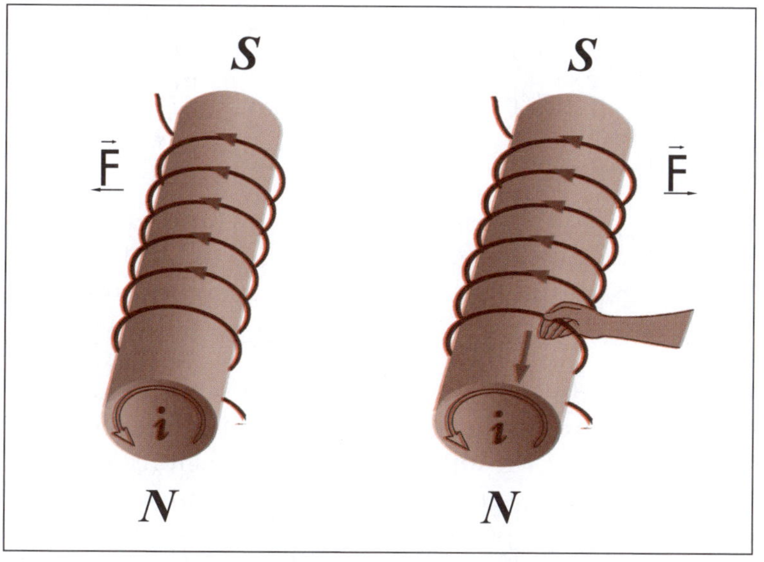

Sabemos hoje que ocorrem tanto atrações como repulsões entre bobinas. Essa ilustração mostra como podemos associar polos magnéticos a bobinas. Observe que em bobinas nas quais as correntes elétricas possuem o mesmo sentido temos um polo norte se defrontando com outro polo norte, o que implicará uma repulsão, como esperava Ampère. Para determinar os polos, usamos uma regra prática: apontamos o polegar da mão direita no sentido da corrente elétrica e os outros dedos indicam a posição do polo norte, como mostra a figura.

Ampère desenvolveu seu trabalho mantendo sempre contato com outros filósofos franceses. Assim, suas experiências resultavam da troca de ideias e conhecimentos com outros pesquisadores. Por exemplo, um companheiro tinha realizado uma experiência em que conseguira magnetizar pequenos objetos com um condutor por onde circulava corrente elétrica. Os diálogos de Ampère com esse amigo ofereceram as pistas para que ambos se empenhassem com sucesso na magnetização de uma grande agulha.

Com os diferentes experimentos que realizou com fios enrolados, Ampère verificou algo que não suspeitava: fios retilíneos também sofriam atração e repulsão. Isso era estranho, uma vez que sua teoria pressupunha corrente circular.

Mesmo assim, ele usou esse novo fato para explicar experimentos fracassados, como o das duas bobinas: a repulsão e a atração esperadas com as duas bobinas não ocorreram, em sua montagem inicial, porque os enrolamentos ficaram frouxos. Assim, o efeito da corrente circular foi insignificante comparado ao efeito longitudinal do fio. As bobinas de Ampère se comportaram, segundo ele, como dois fios retilíneos, por isso observou fracas atrações em vez de repulsões. A partir dessa conclusão, modificou o experimento inicial e produziu as atrações e repulsões esperadas. Considerou, então, comprovada sua teoria.

devia ser acompanhada de uma elaboração matemática. Sem um tratamento quantitativo, algébrico, suas experiências e teorias não teriam valor. Assim, de posse dos resultados quantitativos a respeito da força magnética, tentou desenvolver uma expressão matemática que possibilitasse determinar a intensidade da força de atração e repulsão entre dois condutores.

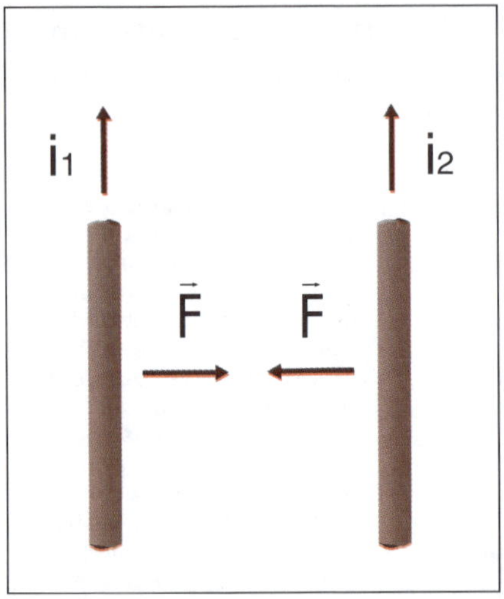

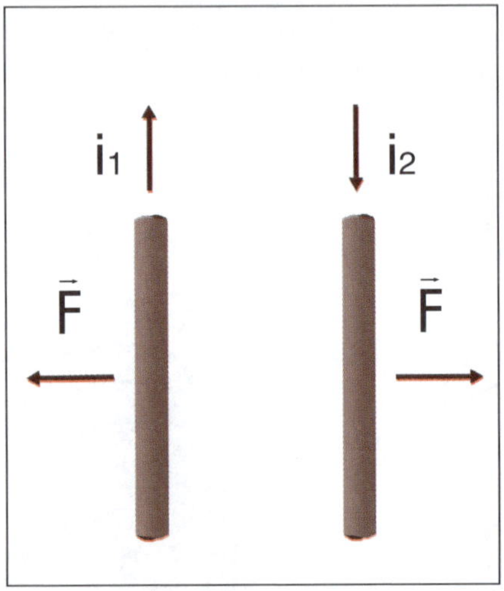

A equação construída por Ampère permitia tanto calcular a força magnética entre dois fios quanto a força magnética que atua num corpo próximo a um fio conduzindo eletricidade. É interessante destacar que se estivermos analisando esse último caso, podemos escolher tanto a equação de Biot como a de Ampère. O resultado matemático da força magnética será o mesmo. Porém, a teoria que está por trás das duas formulações matemáticas é muito diferente. Se adotarmos a explicação de Biot de magnetização do fio condutor, não poderemos usar a teoria desenvolvida por Ampère.

A proposta de Ampère de que todo e qualquer efeito magnético era produzido por correntes elétricas circulares não se limitou aos ímãs, às bobinas, às espiras e aos fios condutores. Com esse princípio, ele criou uma explicação, que não vingou, para o magnetismo terrestre. Para Ampère, havia no cinturão do equador da Terra uma corrente elétrica responsável pelo poder magnético do planeta. Em todos os corpos celestes essa corrente elétrica se fazia presente, sendo inclusive a responsável pela diferença de luminosidade desses corpos. Os corpos em que a corrente elétrica fosse muito intensa apresentariam forte emissão de calor e luz.

Ampère viveu, assim como Biot, num ambiente em que a boa ciência era aquela em que a análise experimental

Havia um claro conflito teórico entre o trabalho de Ampère e Biot. O eletromagnetismo se desenvolvia impulsionado pelo debate em torno da natureza e da ciência. Embora convivam lado a lado nos livros didáticos, o trabalho desses dois cientistas parte de visões de natureza completamente diferentes. O conflito estava lançado.

CAPÍTULO 6

UM NOVO OLHAR PARA O eletromagnetismo

Corbis/Stock Photos

Agora que já conhecemos um pouco da história do nascimento do eletromagnetismo, podemos visitar um dos personagens que dão nome a este livro: o inglês Michael Faraday. Ele nasceu em 1791, em uma vila que hoje faz parte de Londres. Sua infância foi muito pobre. Faraday foi educado longe dos ambientes escolares, mas nem por isso distante dos livros. Naquela época, a Inglaterra possuía poucas escolas para atender a toda população. Muitas crianças aprendiam a ler e a escrever em casa com os pais, vizinhos, parentes e amigos.

Ainda muito jovem, Faraday trabalhou como encadernador de livros. Dessa forma, conheceu obras que marcaram sua vida. Faraday se iniciou na ciência trabalhando como auxiliar de laboratório do químico inglês Humphry Davy. Como secretário de Davy, viajou pela Europa e, assim, conheceu grandes cientistas, como Ampère e Volta, além de ter contato com a filosofia natural romântica. Apesar de ter conhecido o mundo da ciência com Humphry Davy, Faraday trilhou seu próprio caminho.

Influenciado por suas leituras, foi um cientista diferente. Não aceitava nenhum resultado experimental que não tivesse sido obtido por ele. Sempre que tomava conhecimento de um experimento novo, ia ao laboratório e o reproduzia. Só então utilizava os resultados. Essa posição perante a ciência o ajudou a criar e inovar muitos experimentos.

Mas não foi só por meio dos livros que Faraday teve contato com a ciência. Ele fazia parte de um grupo que se reunia para realizar leituras sobre temas científicos. Foi num desses encontros que conheceu a pilha construída por Volta.

SPL/Stock Photos

Fachada da livraria em que Faraday trabalhava, quando jovem, no centro de Londres.

SPL/Stock Photos

Faraday.

A religião foi um fator marcante na vida de Faraday, e, portanto, na sua carreira científica. Ele e sua família eram membros de uma igreja cristã protestante com características muito particulares, para a qual as Sagradas Escrituras não devem ser interpretadas, não existem metáforas, comparações. A verdade é exatamente aquilo que se lê na Bíblia.

Dessa religião, ele herdou entre outras coisas uma necessidade de encontrar um princípio unificador na natureza. Os integrantes dessa igreja defendiam que a unidade da natureza provinha da unidade e benevolência do Criador. Deus era considerado o criador e mantenedor do Universo, sendo o homem um mero instrumento por meio do qual a verdade seria revelada. Com isso em mente, Faraday orientou sua carreira científica.

O interesse de Faraday pelo eletromagnetismo surgiu quando recebeu um convite para escrever um artigo. A proposta era que discutisse, com critérios rigorosos, as novidades trazidas pelo eletromagnetismo, visto que naquela época surgiam muitos comentários e experiências fantasiosas sobre o assunto. Seu modo especial de encarar a tarefa científica o obrigou a refazer experiências e construir novos artefatos com o intuito de melhor investigar o assunto.

Superstock/FA774

Laboratório de Faraday no Instituto Real, em Londres, onde ele trabalhou durante toda a sua vida científica.

O contato com Davy, seu conhecimento da filosofia natural romântica e sua convicção de que a natureza tinha uma unidade levaram-no a pensar o eletromagnetismo como um caminho para se compreender o universo. Para ele, havia fortes indícios de que a eletricidade, o magnetismo e o movimento possuíam grandes relações.

Analisando o comportamento da força magnética ao redor de um fio condutor, ele construiu um dispositivo que lhe permitiu mostrar que um fio condutor atravessado por corrente elétrica poderia girar ao redor de um ímã fixo. Da mesma forma, um ímã móvel poderia movimentar-se ao redor de um fio condutor fixo por onde passava corrente elétrica. Esse experimento registrou pela primeira vez a conversão de eletricidade em movimento.

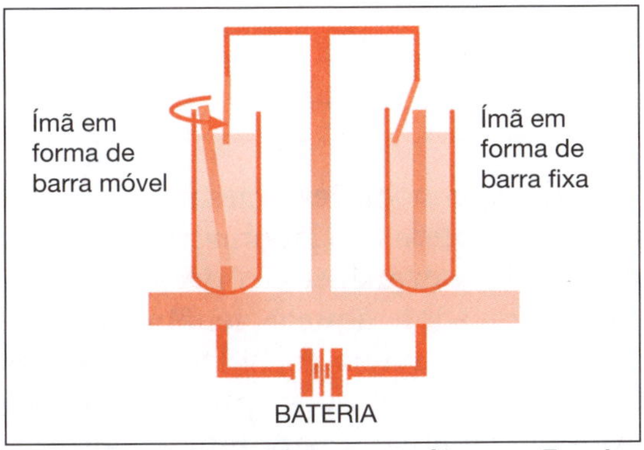

Esquema do dispositivo construído por Faraday para analisar o comportamento da força magnética ao redor de um fio condutor.

Conversão de eletricidade em movimento. Isso lembra algo? Se pensou em um motor elétrico, está certo. Esse é o princípio básico de funcionamento do motor elétrico. Mas, antes de discutir as inovações técnicas trazidas pelo eletromagnetismo, vamos retomar nossa história.

No artigo que escreveu para divulgar as novas ideias do eletromagnetismo, Faraday fez várias críticas a Ampère. O cientista francês, por sua vez, rejeitou algumas dessas colocações e reinterpretou os mesmos experimentos que lhe foram apresentados como prova de seus erros.

O diálogo entre esses dois filósofos naturais foi repleto de discussões. Apesar das discordâncias, um respeitava o trabalho do outro. Faraday, inclusive, considerou válida, por certo tempo, a teoria elaborada por Ampère de que todo poder magnético era fruto de correntes elétricas circulares. Em vários momentos a elogiou, afirmando ser ela consequência de um rigoroso trabalho experimental.

A indução eletromagnética

O desejo de encontrar evidências da unidade entre os fenômenos naturais e o conhecimento de alguns resultados experimentais produzidos por outros cientistas, como Ampère, impulsionaram Faraday a buscar caminhos não tradicionais para produzir corrente elétrica. A experiência de Oersted havia mostrado que corrente elétrica produzia efeito magnético. Faraday estava convencido de que o oposto também seria possível, ou seja, de que se podia produzir corrente elétrica a partir de um efeito magnético. E, para tanto, procurou analisar essa possibilidade experimentalmente. Conseguiu demonstrar que o movimento de um ímã no interior de uma bobina permitia gerar corrente elétrica.

UMA EXPERIÊNCIA: PRODUZINDO CORRENTES ELÉTRICAS SEM AUXÍLIO DE BATERIAS

Você pode, assim como Faraday, produzir correntes elétricas sem dispor de pilhas. Para tal, precisará utilizar novamente a bobina que construiu. Ligue-a a um amperímetro. A função desse aparelho será apenas a de detectar a presença de uma corrente elétrica na bobina. Caso não disponha de um amperímetro, ligue sua bobina a uma lâmpada de néon — se ela acender é porque uma corrente elétrica está passando pela bobina.

Pegue, então, aquele mesmo ímã de alto-falante e movimente-o no interior da bobina. Observe o que ocorrerá ao ponteiro do amperímetro ou à lâmpada.

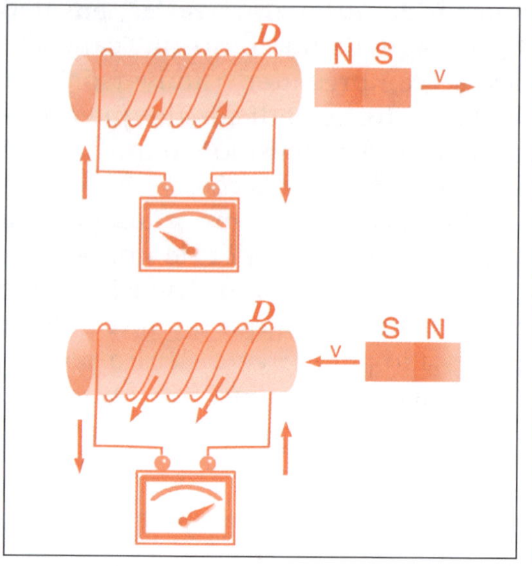

Faraday também obteve corrente elétrica numa bobina isolada (não conectada a uma pilha), usando um circuito elétrico vizinho em vez de usar um imã. Bastava ligar e desligar esse circuito para aparecer corrente na bobina.

Ele observou que a corrente elétrica produzida dessa forma, obtida por indução, era peculiar, pois só existia por certo tempo. Ou melhor, ela não permanecia na bobina durante todo o tempo em que o circuito vizinho ficasse ligado. Surgia quando o circuito era ligado à pilha, desaparecia logo depois, só reaparecendo quando o circuito era desligado.

Ao explicar os fenômenos da indução que havia manipulado no laboratório, Faraday defendeu que, quando ligava o circuito, as correntes induzidas possuíam o mesmo sentido da corrente estabelecida pela pilha. Já, quando o circuito era interrompido, desconectado da pilha, a corrente induzida apresentava-se em sentido contrário à do circuito original.

Essas conclusões, apesar de não terem sido obtidas no laboratório, estavam de acordo com análises teóricas que Faraday fizera sobre aqueles fenômenos. Em tais análises, havia considerado válidas muitas das conclusões apresentadas por Ampère, inclusive sua teoria eletrodinâmica, que estabelecia que todo efeito magnético provinha de correntes elétricas circulares.

Apesar de satisfeito com a explicação teórica, antes de publicar os resultados, Faraday deparou-se com questões que o fizeram retornar ao laboratório. Nesse processo, realizou experimentos que trouxeram dúvidas ao que havia pensado. Estariam corretas as conclusões a respeito dos sentidos das correntes induzidas?

Ao procurar responder essa questão, verificou que errara em suas conclusões iniciais. Quando o circuito era ligado, a corrente induzida apresentava-se no sentido contrário à do circuito original; quando desligado, a corrente induzida apresentava-se no mesmo sentido.

Veja! Faraday se enganara em suas análises teóricas. As induções ocorriam, mas não exatamente da forma que supusera.

Ele assumiu como certos os novos resultados experimentais. Reviu suas análises iniciais. Posicionou-se contrário à teoria eletrodinâmica de Ampère, rejeitando definitivamente a teoria das correntes elétricas circulares.

O estudo da indução eletromagnética permitiu a Faraday rever alguns argumentos teóricos. E esse trabalho provocou uma reviravolta na história do eletromagnetismo.

Se você está pensando que essa revolução está relacionada ao debate em torno da natureza da eletricidade, enganou-se. No mundo da ciência, o embate entre os que defendiam a afinidade entre eletricidade e magnetismo e os que a atacavam continuou por muito tempo. Apesar disso, o trabalho de Faraday proporcionou uma mudança radical no perfil tecnológico das indústrias do século XIX.

Ao final, Faraday explicou como seria obtido da eletricidade um efeito magnético, como de um efeito magnético era possível obter efeitos elétricos. Analisou, ainda, como uma corrente elétrica poderia induzir uma nova corrente elétrica num circuito vizinho. Apresentou, então, uma explicação única para todos esses casos, e essa explicação recebeu o nome de "lei da indução de Faraday".

VOCÊ JÁ OUVIU FALAR DE UM APARELHO CHAMADO DÍNAMO?

Ele é muito usado nos automóveis. O dínamo é um dos responsáveis pela energia elétrica necessária para o funcionamento dos motores dos carros. Ele é, basicamente, formado por uma espira (um fio enrolado), colocada numa região entre dois ímãs com os polos opostos se confrontando. Ao movimentar a espira nessa região, surge nela uma corrente elétrica. O dínamo é uma pequena máquina rotativa que converte movimento em eletricidade.

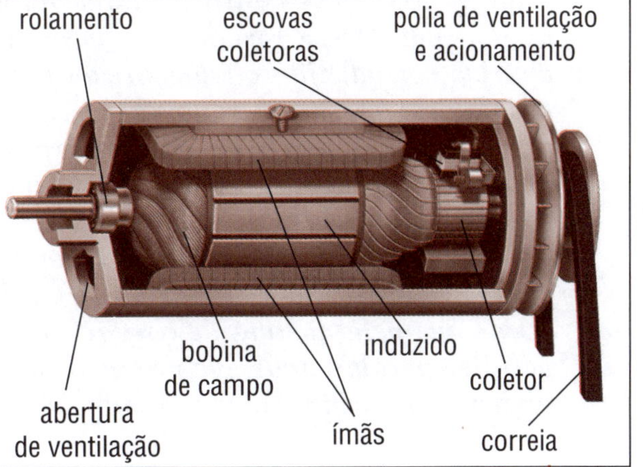

Corte de um dínamo usado em automóvel.

Em 1832, em consequência da apresentação das leis de indução, um instrumentador francês, Hippolyte Pixu, apresentou à academia francesa um dínamo manual, e em 1834 o instrumentador londrino E. Clarke desenvolveu um gerador elétrico, cujo funcionamento é semelhante ao do dínamo, ou seja, ambos convertem movimento em eletricidade.

Como a pilha, o gerador elétrico representou uma revolução na geração de energia elétrica. Isso porque com ele foi possível gerar energia elétrica em quantidade muito superior àquela obtida até então com as pilhas.

UM NOVO CAMINHO PARA PRODUZIR ENERGIA ELÉTRICA

Os geradores elétricos são hoje os responsáveis pelo fornecimento de energia elétrica em nossas cidades. As usinas elétricas funcionam com geradores. O processo consiste em fazer uma turbina girar — por exemplo, uma pá rotatória girando pela ação de uma queda de água ou da correnteza de um rio. Essa turbina, ligada ao gerador, transmite movimento a ele, fazendo com que sua bobina gire, numa região semelhante àquela apresentada no dínamo — entre os dois polos de um ímã. Dessa forma, uma corrente elétrica é produzida e transmitida para as cidades. Apesar de as usinas elétricas funcionarem a partir do movimento de uma turbina, temos hoje basicamente três tipos diferentes de usinas elétricas. As hidrelétricas, cuja queda de água represada faz girar a turbina. As termelétricas que pela queima de carvão ou de petróleo geram vapor que produz o movimento da turbina. E as termonucleares que também produzem, por aquecimento, vapor e movimento da turbina. Porém nesse último caso o aquecimento não é obtido pela queima de um combustível fóssil, mas por reações nucleares.

Os riscos das reações nucleares, a escassez dos combustíveis fósseis, as deficiências dos recursos hídricos impulsionam a busca de alternativas para se produzir o movimento das turbinas das usinas. Hoje já podemos obter energia elétrica por vários caminhos, por exemplo, por meio de turbina de vento ou do movimento das águas do mar causado pelas marés. A conversão de energia solar em elétrica está sendo também cada vez mais explorada.

Keystone

Geração de energia eólica.

Delfim Martins/Pulsar

Represa de Itaipu: a maior usina hidrelétrica do mundo fica em Foz do Iguaçu, no Estado do Paraná.

David Norton/Keystone

Geração de energia solar.

As novas possibilidades técnicas não se esgotaram nos dínamos e nos geradores elétricos. Ao longo do século XIX, muitos outros artefatos foram desenvolvidos. O motor elétrico é apenas mais um exemplo.

Ele é o oposto do gerador. Fazendo passar corrente elétrica numa bobina, é possível provocar sua rotação nas proximidades de ímãs. Em resumo, o motor elétrico converte eletricidade em movimento. As indústrias precisam de movimento. Essa energia pode ser gerada, por exemplo, pela força animal. Mas no século XVIII e início do XIX, a grande fonte de energia era o vapor.

O movimento dos teares numa indústria têxtil do início do século XIX era proporcionado pelo vapor produzido, em geral, por uma grande caldeira. Através de roldanas e eixos, o movimento produzido pela máquina a vapor era levado a cada um dos teares.

Imagine-se numa indústria desse tipo. Nos eixos e nas roldanas havia muito desperdício de energia. Além de problemas técnicos como esse, a utilização de máquinas a vapor provocava outros inconvenientes, como as constantes explosões e o excessivo calor nas indústrias.

Se você está achando complicada a situação das indústrias têxteis, pense num outro tipo de indústria em que cada equipamento possui um ritmo diferente. Nesses casos, a dificuldade no uso de eixos e de roldanas obrigava a utilização de várias máquinas térmicas, movidas pela queima de carvão. Assim, além de todos os inconvenientes, ainda havia as pilhas de carvão

Ann Ronan Picture Library

Construída em Londres, em 1896, esta é uma das primeiras usinas elétricas de alta voltagem.

espalhadas pelas indústrias. Imagine a sujeira e o barulho que produziam!

Com a utilização de motores elétricos, a situação começou a se modificar. Nas indústrias atuais, é possível associar um motor elétrico a cada equipamento, de forma independente. O mundo industrial mudou muito.

Você percebeu que pouco tempo se passou entre a apresentação das leis de indução eletromagnética de Faraday, a construção do dínamo e o aperfeiçoamento do gerador elétrico? Esses resultados foram rapidamente absorvidos pelo mundo industrial. E tudo isso saiu de uma pesquisa científica, que desejava responder algumas questões do mundo acadêmico.

O mundo mudou muito depois de Faraday. Sem os dínamos, os geradores elétricos e os motores elétricos nossas cidades seriam muito diferentes. Não teríamos luz elétrica em nossas casas, nem geladeiras, televisores, telefones e tantos outros artefatos que utilizamos diariamente.

Faraday e a eletroquímica

A participação de Faraday no mundo da ciência não ficou restrita ao eletromagnetismo. Ele realizou importantes trabalhos que contribuíram muito para o desenvolvimento da indústria química.

A busca de unidade na natureza fez com que procurasse relações entre eletricidade, magnetismo e química. Nesse caminho, dedicou-se ao estudo da eletrólise que, como vimos, é um processo químico que utiliza a eletricidade para obter reações de oxirredução. Faraday não aceitava a maioria das interpretações que seus contemporâneos davam para a eletrólise.

$NaCl_{(s)}$ + água → Na^{+}_{aq} + Cl^{-}_{aq}

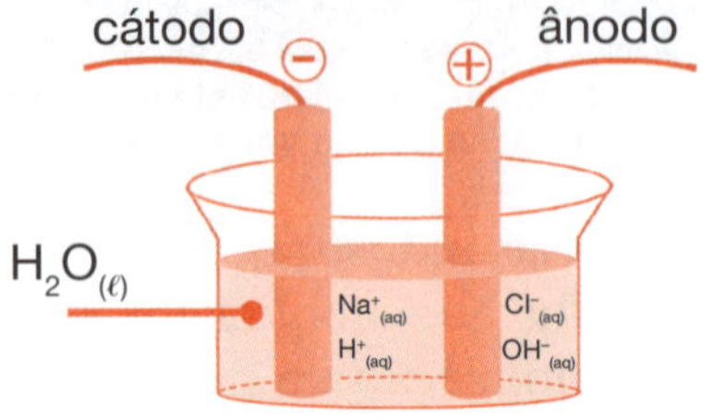

A maior parte dos trabalhos sobre o assunto defendia que as decomposições ocorridas no processo decorriam de forças de atração ou repulsão, exercidas pelos metais sobre os elementos da solução. Faraday, ao contrário, argumentava que a corrente elétrica na solução era a única responsável por essas decomposições.

Baseado em seus experimentos, ele estabeleceu duas leis que explicitam a dependência das substâncias decompostas no processo com a corrente elétrica que passa na solução. As leis são hoje denominadas "Leis da eletrólise de Faraday".

Mas Faraday não parou aí. Para ele, ainda era necessário renomear os elementos envolvidos nesse processo porque os termos até então usados davam a ideia de que os metais agiam a distância sobre a solução através de forças de atração e repulsão. Assim, substituiu o nome *polos*, usado para denominar os terminais colocados na solução, por *eletrodos*. Achava essa mudança muito importante, pois eletrodo significa "o caminho da corrente elétrica". Os eletrodos foram ainda diferenciados em ânodos e cátodos.

O estabelecimento das leis da eletrólise proporcionou aos químicos novas possibilidades para explorar aqueles fenômenos. Hoje, a eletrólise não está restrita aos laboratórios de ciências; ela se converteu num procedimento industrial muito importante, por exemplo:

- Por meio dela se faz a purificação do cobre, tornando-o um material com excelentes propriedades condutoras.
- Pela eletrólise é também possível obter alumínio, através de uma eletrólise ígnea de uma substância chamada alumina (Al_2O_3) que é extraída do minério bauxita. Na eletrólise ígnea, os eletrodos são introduzidos numa substância iônica, como NaCl, fundida, derretida. Várias aplicações resultam desse processo. O alumínio utilizado nos utensílios de cozinha, nas embalagens e nas esquadrias de janelas é obtido pela eletrólise.
- Outro emprego da eletrólise é a eletrodeposição — método que permite promover o revestimento metálico de diversos objetos. Torneiras, por exemplo, podem ser feitas de plástico e depois revestidas de metal por eletrodeposição, o que diminui consideravelmente o custo de produção.

As linhas de força

O eletromagnetismo e a indústria se encontraram. A visão de ciência de Faraday, assim como sua crença num princípio de unidade da natureza, levaram-no a realizar experiências que alteraram o desenvolvimento tecnológico do mundo. Mas as consequências desse trabalho foram mais amplas.

Faraday rejeitava a tese de que todos os fenômenos podiam ser compreendidos como resultado da atração ou repulsão a distância entre partículas, ou entre fluidos. Apesar de defender a ideia de uma forte afinidade entre os fenômenos naturais, acabou por se afastar das teorias de Oersted e Ampère e elaborou um modelo próprio para o eletromagnetismo — as linhas de força.

Segundo o cientista, essas linhas explicariam como as ações elétricas, as magnéticas e as eletromagnéticas eram transmitidas de um ponto a outro.

Observe a figura abaixo. Ela representa, em linguagem moderna, a transmissão da ação magnética entre os polos de dois ímãs. As linhas nela representadas seriam as linhas de força trabalhadas por Faraday.

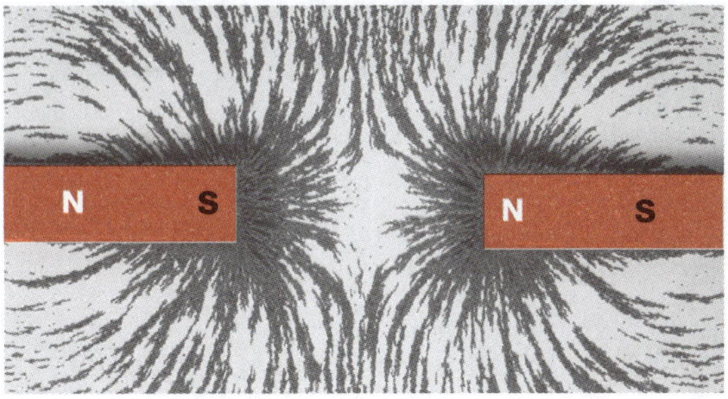

Cordelia Molloy/Science Photo Library

UMA EXPERIÊNCIA: TRABALHANDO COM LIMALHA DE FERRO

Recorrendo a um simples experimento, podemos compreender as linhas de força de Faraday!

Você vai precisar de:

- cartolina
- imã (em forma de barra)
- limalha de ferro

Pegue a cartolina e coloque por baixo dela um ímã, que pode ser em forma de barra. Espalhe, então, cuidadosamente, sobre a cartolina a limalha de ferro (pó de ferro, obtido num serralheiro ou numa oficina mecânica). Observe a forma adquirida pela limalha de ferro.

Ela não se espalha aleatoriamente. Dizemos que assumiu esse formato devido à força magnética exercida pelo ímã sobre cada uma de suas partes. Vemos, portanto, que ela adquire o contorno das linhas de força ao redor do ímã.

Com a ideia de que as transmissões elétricas, magnéticas e eletromagnéticas ocorriam de forma contínua, através das linhas de força, Faraday percebeu que o meio em que a ação ocorria influía muito no processo. Até então, acreditava-se que o meio era irrelevante na análise dos eventos eletromagnéticos. Afinal, a constante presente na lei de Coulomb era universal, independentemente do lugar de realização da experiência.

Embora nem todos os cientistas acatassem a ideia das linhas de força, as novidades que esse conceito trouxe não podiam ser desprezadas. Depois de Faraday, o eletromagnetismo seguiu um novo caminho. Debates sobre a perturbação introduzida no meio pelas ações elétricas, magnéticas e eletromagnéticas ganhavam outra dimensão com as linhas de força. Além disso, o mundo industrial despertara para a ciência, as pesquisas não estavam mais distantes das aplicações tecnológicas.

O trabalho de Faraday mostrou que era necessário rever as conclusões de Coulomb. A constante daquela lei matemática não era universal, variava em função do meio estudado.

CAPÍTULO 7

A história

continua

O cientista escocês James Clerck Maxwell (1831-1879) se impressionou muito com os resultados obtidos por Faraday. Seu artigo, "Sobre as linhas de força de Faraday", publicado em 1855, procurava mostrar que por trás da ideia de linhas de força havia um pensamento matemático, apesar de Faraday não ter usado fórmulas para descrever sua teoria.

SPL/Stock Photos

Maxwell.

Maxwell desenvolveu um trabalho matemático com o propósito de construir expressões que descrevessem como as ações eletromagnéticas ocorriam e como eram transmitidas. As equações que elaborou são até hoje usadas no estudo de fenômenos eletromagnéticos. Mesmo sem as apresentarmos, destacaremos um conceito que se encontra muito presente nelas: o de campo eletromagnético.

Corbis/Stock Photos

O conceito de campo

Maxwell negou em suas análises a ideia da ação a distância. Com base nessa concepção, afirmava-se, por exemplo, que o poder magnético de um ímã só surgia quando um corpo imantado ou um objeto capaz de sofrer atração magnética se aproximasse dele. Apoiando-se nas linhas de força de Faraday, Maxwell construiu um modelo bem diferente.

Para melhor compreender o modelo que ele propôs, imagine a seguinte situação: você entra em uma sala e sente um cheiro forte de perfume. Mesmo sem ter visto o frasco com perfume, você notou a presença dele. Isso ocorreu porque seu nariz penetrou no campo de ação da substância. Se você estivesse muito gripado não sentiria o cheiro. Mas o "campo do perfume" continuaria existindo mesmo assim. Para sentirmos esse campo, precisamos estar dentro de sua região de ação com sensibilidade para percebê-lo. Na física, a ideia de campo é parecida com essa história do perfume.

UMA EXPERIÊNCIA: TRABALHANDO COM A IDEIA DE CAMPO

Você vai precisar de:

- lenço de papel
- canudo de plástico
- pedacinhos de papel

Esfregue um lenço de papel num canudo plástico. Depois, aproxime o canudo de pedacinhos de papel. Observe que eles se movimentam na direção do canudo. Agora, atrite novamente o canudo e o aproxime de um filete de água que cai de uma torneira. O que aconteceu?

Utilizando a ideia de campo, podemos explicar o movimento dos pedacinhos de papel e do filete de água. O atrito do canudo com o lenço de papel modificou o canudo de tal forma que ao redor dele surgiu um campo, o qual chamaremos "campo elétrico". Os pedacinhos de papel e o filete de água ao entrarem nessa região são perturbados pelo campo e por isso se movimentam.

Algo semelhante ocorre quando aproximamos o braço da tela de uma televisão que acabou de ser desligada. Em situações como essa, os pelos do braço ficam "levantados", pois estão na região de ação de um campo elétrico gerado na tela da televisão.

Para Maxwell, uma reação semelhante à do canudo plástico e do papel picado ocorreria a um fio condutor atravessado por corrente elétrica. O que acontece a uma agulha imantada quando a aproximamos desse fio?

Como já vimos, a agulha se movimenta. Utilizando a ideia de campo, podemos explicar esse fato da seguinte forma: a corrente elétrica cria ao seu redor uma perturbação, que gera efeitos magnéticos iguais aos produzidos por um ímã. Chamamos essa perturbação de "campo magnético". Dessa forma, se colocarmos na região um elemento capaz de "perceber" o campo — uma agulha imantada, por exemplo —, ele se movimentará pela ação do campo.

Podemos resumir essas ideias da seguinte forma: um efeito elétrico é sempre gerado por um campo elétrico, da mesma forma que um efeito magnético é gerado por um campo magnético.

Essa nova teoria é muito diferente da ação a distância, uma vez que todo o espaço fica perturbado pelo campo, independentemente da presença de um material para detectá-lo.

As condições de geração de um campo elétrico e de um campo magnético

Outra novidade apresentada por Maxwell diz respeito à geração de campos elétricos e magnéticos. Até então, sabia-se que uma corrente elétrica podia ser gerada por uma pilha ou por meio de indução eletromagnética. Faraday havia mostrado que o movimento de um ímã no interior de uma bobina dava origem a uma corrente elétrica nesse fio. Maxwell explicou esse fenômeno afirmando que o movimento do ímã no interior da bobina fazia com que o campo magnético por ele gerado variasse com o tempo. Ou seja, se observássemos um ponto fixo do espaço, o campo magnético se alterava com o tempo, visto que o ímã se movimentava. Seguindo esse raciocínio, defendeu, então, que o campo magnético variável era o responsável pelo aparecimento da corrente elétrica no fio, ou melhor, pelo surgimento de um campo elétrico.

Fazendo analogia com a interpretação de que campo magnético variável gera campo elétrico, Maxwell apresentou uma nova teoria: campos elétricos variáveis produzem campos magnéticos. A corrente elétrica do fio do experimento de Oersted gerava campo magnético ao seu redor porque a ela estava associado um campo elétrico variável.

A figura ao lado aparece no trabalho de Maxwell intitulado *Tratado sobre eletricidade e magnetismo*, publicado em 1873, e ilustra a teoria desse cientista de que a luz é um distúrbio eletromagnético, que se propaga da mesma forma que outras ações eletromagnéticas.

Para Maxwell, a relação entre os campos elétricos e magnéticos era tão forte que ele defendeu existir um campo eletromagnético que seria resultado da geração simultânea de campos elétricos e magnéticos variáveis no tempo.

O trabalho sobre o modo de transmissão da ação eletromagnética não parou no estabelecimento das teorias que acabamos de discutir. Como a ação eletromagnética é provocada por meio de variações mútuas de campos elétricos e magnéticos, a transmissão dessa ação deveria ocorrer em certo intervalo de tempo. Não seria, portanto, imediata ou instantânea, fato que tornava possível medir a velocidade de propagação do campo eletromagnético. Partindo de suas equações e de algumas outras considerações teóricas, Maxwell determinou o valor dessa velocidade — um valor muito próximo ao estabelecido na época para a velocidade da luz. Essa igualdade indicava-lhe serem os fenômenos ópticos resultado de um campo eletromagnético se propagando no espaço.

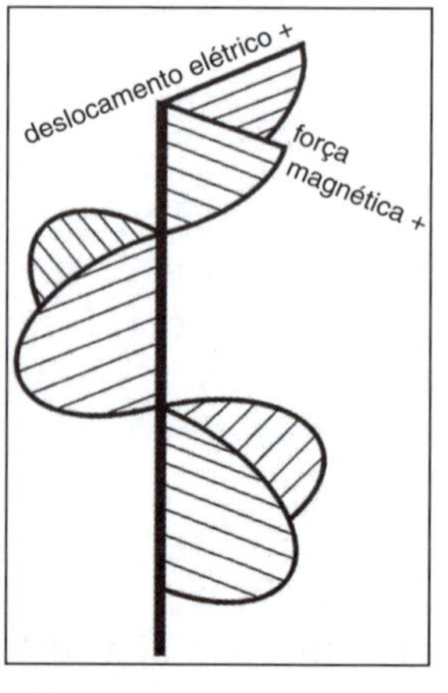

Mas, afinal, quem venceu o debate: mecanicistas ou românticos?

A igualdade entre a velocidade de propagação das ondas eletromagnéticas e a da luz evidenciava uma forte ligação entre óptica e eletromagnetismo. Esse fato pode fazer você pensar que Maxwell criou argumentos para defender a visão de natureza orgânica, ideia que motivou Oersted a realizar o experimento que assinala o nascimento do eletromagnetismo.

Apesar de ter chegado ao ponto desejado por Oersted, Maxwell não desenvolveu o seu trabalho à luz de uma visão orgânica de natureza, nos moldes dos filósofos naturais românticos. O ambiente e o momento histórico em que trabalhava evidenciavam limites e problemas tanto para a concepção mecânica quanto para a romântica. Isso com certeza o influenciou.

Os estudos de eletromagnetismo, desenvolvidos ao longo do século XIX, abriram as portas para que homens engenhosos pudessem dar asas à sua criatividade e construir máquinas até então inimagináveis. A sociedade, nos diversos cantos do mundo, não parava de se surpreender com as novidades tecnológicas que surgiam graças ao desenvolvimento desse novo campo da ciência. A história do século XX seria outra se homens como Faraday não tivessem a ousadia de buscar soluções ainda não sonhadas para os problemas científicos.

Apesar de já conhecermos muitas novidades trazidas pelo eletromagnetismo, não poderemos ter uma dimensão completa das mudanças provocadas sem estudarmos um último personagem: Heirinch Hertz.

A história do eletromagnetismo chega em Maxwell sem que possamos dizer que uma concepção de natureza tenha saído vencedora. Nem mesmo a discussão em torno do modo de propagação da ação eletromagnética se encerrou em Maxwell. Apesar de todo o rigor e sucesso de seu trabalho, muitos cientistas continuaram rejeitando a ideia de que a ação eletromagnética se dava de forma contínua. Os embates continuaram.

As ondas eletromagnéticas

O físico alemão Heinrich Hertz (1857-1894) se dedicou ao desenvolvimento de experiências para investigar o modo de transmissão das ações eletromagnéticas. Suas pesquisas mostraram que um sinal eletromagnético produzido numa determinada região poderia ser detectado em locais bem distantes. Por exemplo, de forma análoga ao que acontece com a luz quando encontra um espelho, um sinal eletromagnético é refletido quando se depara com obstáculos apropriados.

Os resultados de suas experiências levaram-no a comparar as novas situações com os fenômenos ondulatórios conhecidos e a dar, então, uma nova interpretação para o sinal eletromagnético. Assim, ele defendeu que a ação eletromagnética se propagava no espaço como uma onda. Existiriam, então, ondas eletromagnéticas, ou seja, perturbações eletromagnéticas que se propagavam no espaço.

SPL/Stock Photos

Os sistemas de televisão, rádio e telefone trabalham com a ideia de que a informação por eles processada é transmitida por ondas eletromagnéticas.

As pesquisas de Hertz deram novo impulso à teoria de campo porque, ao apresentar a ação eletromagnética como uma onda e a luz como uma onda eletromagnética, ele reforçava a teoria de que a transmissão da ação eletromagnética se dava de maneira contínua. Por esse fato, a experiência de Hertz é apresentada muitas vezes como a prova experimental decisiva a favor de Maxwell e de sua teoria de campo. Porém, como no caso de Oersted, as experiências de Hertz, por mais importantes que fossem, não terminaram com o debate em torno da natureza do eletromagnetismo. As experiências realizadas trouxeram novidades favoráveis para os que defendiam a teoria do campo, mas isso não significou que todos os adversários dessa teoria abandonaram suas certezas.

As ondas eletromagnéticas, além de trazerem novidades para o debate científico, possibilitaram o aprimoramento de aparatos tecnológicos, como o telégrafo, que já era conhecido e usado à época de Hertz. Porém, o alcance dessa tecnologia era limitado, visto que os sinais eletromagnéticos produzidos eram transmitidos por fios.

Algum tempo depois de Hertz apresentar suas conclusões a respeito das ondas eletromagnéticas, foi desenvolvido, com base nesse seu trabalho, o telégrafo sem fio. Nesse tipo de telégrafo, o sinal produzido é emitido para o espaço. A ideia é a seguinte: como o sinal eletromagnético produzido pelo telégrafo tem o comportamento de uma onda, ele deve se propagar em todas as direções e pode ser

Reprodução

As experiências de Hertz o levaram a concluir que a luz se comporta como uma onda eletromagnética. Hoje em dia, dizemos que a diferença entre um sinal de rádio, TV e luz visível é apenas a frequência com a qual cada um desses sinais é emitido. A contribuição de Hertz é considerada tão importante que o nome de uma das unidades de frequência adotadas pela ciência é HERTZ, cujo símbolo é Hz.

detectado nos pontos em que forem colocados antenas e receptores para recebê-lo. Foram, então, construídos aparelhos com esse princípio, que permitiram a transmissão dos sinais eletromagnéticos, produzidos pelo telégrafo, através do espaço, sem o auxílio de fios. Essa simples modificação causou uma mudança significativa no mundo tecnológico. O alcance do telégrafo não mais se limitava à distância alcançada pelos fios.

Marconi começou o uso prático das ondas eletromagnéticas com a construção do telégrafo sem fio (radiotelégrafo), muito utilizado pelos soldados na Primeira Guerra Mundial.

À época de Hertz, a comunicação não era uma tarefa tão simples como hoje. Há quase cem anos, por exemplo, as notícias da Primeira Guerra Mundial chegavam por meio de aparelhos de rádio e telégrafos. Hoje, as cenas são vistas nos televisores, ao vivo.

Todos esses fatos tão corriqueiros em nosso dia a dia só são possíveis por meio da transmissão dos sinais de rádio e televisão por satélites. Existem em órbita sobre a Terra vários satélites; alguns têm a função de receber um sinal de televisão, uma onda eletromagnética, com frequência específica, emitida por alguma antena e retransmiti-la para outra situada em outra parte do planeta.

No início da telegrafia sem fio, a ideia de uma estação emitindo um programa, como temos hoje nas emissoras de rádio, não era de forma alguma evidente, apesar de a transmissão de telégrafos ter o mesmo princípio científico básico da transmissão de sinais de rádio. A difusão de concertos, por exemplo, foi o primeiro passo para a emissão de programas de rádio.

AS ONDAS ELETROMAGNÉTICAS, O NOVO PODER DE COMUNICAÇÃO E A CONQUISTA DO ESPAÇO

A comunicação por meio de ondas eletromagnéticas não aproximou apenas os diferentes países, mas também possibilitou ao homem comunicar-se com outros planetas.

Você já pensou na possibilidade de existir vida fora da Terra? Essa é uma questão que preocupa e fascina muitos cientistas. Muito dinheiro foi e é destinado a pesquisas nessa área. Em geral, a procura de sinais de extraterrestres se dá por meio de emissões de ondas eletromagnéticas e de busca de sinais eletromagnéticos que contenham alguma mensagem especial, como ocorre com os sinais de rádio, televisão etc.

O filme de ficção científica chamado Contato, *estrelado e dirigido por Jodie Foster em 1998, nos mostra um pouco os caminhos seguidos para a busca de contato com extraterrestres. Esse filme foi baseado num livro homônimo, publicado em 1985, de Carl Sagan (1934-1996), físico norte-americano que trabalhou muito tempo em pesquisas sobre vidas extraterrestres.*

A protagonista é uma cientista que acredita na existência de vida fora do planeta Terra e que trabalha com pesquisas nessa área. Para tentar o esperado contato, ela busca detectar, através de antenas, ondas eletromagnéticas vindas do espaço que contenham mensagens especiais de outras possíveis civilizações.

A primeira cena mostra algumas ondas eletromagnéticas, sinais de rádio e televisão, já emitidos da Terra. Se prestarmos atenção, perceberemos que os sinais por nós emitidos ainda estão muito próximos da Terra. Considerando que o contato com extraterrestres seria conseguido através de ondas eletromagnéticas, podemos avaliar que elas percorreram uma diminuta distância no nosso imenso universo. Nosso conhecimento é ainda muito, muito pequeno.

Esse filme, quando confrontado com a história do eletromagnetismo, nos faz pensar numa questão: será que, antes de construirmos sistemas de transmissão de ondas eletromagnéticas, poderíamos pensar em vida fora da Terra? Será que nossos possíveis companheiros também constroem rádios, televisões, ou seja, utilizam ideias como as da onda eletromagnética para se comunicar?

CONCLUSÃO

A história
do eletromagnetismo para além de Faraday e Maxwell

A história do eletromagnetismo não foi construída apenas pelos personagens que visitamos. O que estudamos foi uma parte dessa história. Deixamos de conhecer alguns cientistas que participaram ativamente desse processo. Além disso, não visitamos técnicos, artistas, engenheiros, professores, camponeses que com seu trabalho elaboraram uma cultura que foi fundamental para que a história se desenrolasse dessa forma.

A construção do eletromagnetismo, como vimos, não foi linear, baseada apenas em experiências que serviam para negar ou confirmar teorias. Essa ciência nasceu e se desenvolveu graças a um intenso confronto de ideias.

Oersted, Biot, Ampère, Faraday, Maxwell e todos os outros tinham visões de natureza e de ciência que impulsionaram seus trabalhos e os levaram a seguir certos caminhos. Ademais, o local em que viviam, a educação que receberam, as bases técnicas de sua época permitiram que formulassem teorias, realizassem certos experimentos que apresentaram muitas vezes caminhos inesperados.

Com todo o confronto de ideias, com todas as idas e vindas, a história se construiu deixando marcas que não mais podemos apagar. Como viver sem os geradores e os motores elétricos? Como reescrever a história sem as possibilidades, sem os questionamentos e sem os problemas trazidos pelo eletromagnetismo? Difícil não?

Corbis/Stock Photos

Leitura
recomendada

Para você, que deseja se aprofundar no tema, segue uma lista de alguns livros que podem ser consultados. A bibliografia sobre o assunto deste livro em português ainda é pequena.

- *De Arquimedes a Einstein*, de Pierre Thuillier (ed. Zahar).
  Nessa coletânea de textos, diversos assuntos são abordados. Apesar de não encontrarmos algo especificamente sobre Faraday e Maxwell, o livro é muito importante para os que desejam aprofundar algumas das questões apresentadas no livro *Faraday e Maxwell — Eletromagnetismo: da indução aos dínamos.*

- *História ilustrada da ciência*, de Colin Ronan (ed. Zahar).
  Uma história completa da ciência. Por ser de caráter introdutório, não se aprofunda muito nos temas, mas oferece uma boa visão panorâmica.

- *Oersted e a descoberta do eletromagnetismo*, de Roberto de A. Martins.
  Trata-se de um artigo publicado nos "Cadernos de História e Filosofia da Ciência" — n. 10/1986, do Centro de Lógica, Epistemologia e História da Ciência. Historiador brasileiro da ciência, o autor discute detalhadamente a importância de Oersted para o desenvolvimento do eletromagnetismo. O artigo contém um texto de Oersted, publicado em 1820, com o título "Experiências sobre o efeito do conflito elétrico sobre a agulha magnética", traduzido por Roberto de A. Martins.

Bibliografia

ABRANTES, Paulo. A metodologia de J. C. Maxwell e o desenvolvimento da teoria eletromagnética. *Caderno Catarinense de Ensino de Física*, v. 5. Junho de 1988.

CANEVA, Kenneth. Ampère the Etherians and the Oersted Connexion. *The Bristish Journal for the History of Science*, v. 13, n. 44, 1980. p. 121-138.

_______. Physics and Naturphilosophie: A Reconnaissance. *History of Science*, v. 35, 1997.

DAY, Peter (org.). *The Philosopher's Tree* — Michael Faraday's life and work in his own words. 1. ed. Philadelphia: Institute of Physics Publishing, 1999.

HARMAN, P. M. *Energy, Force and Matter* — The Conceptual Development of Nineteenth Century Physics. 8. ed. Cambridge: Cambridge University Press, 1995.

HEIBRON, J. L. *Electricity in the 17th and 18th Centuries* — A Study in Early Modern Sciences. 1. ed. New York: Dover Publications, 1999.

HENDRY, John. *James Clerck Maxwell and the theory of the eletromagnetic field.* 1. ed. Bristol/Boston: Adam Hilger Ltd, 1986.

MARTINS, R. A. Oersted e a descoberta do eletromagnetismo. *Cadernos de História e Filosofia da Ciência*, n. 10, 1986. p. 89-114.

MORUS, I. R. Galvanic Cultures: Electricity and Life in the Early Nineteenth Century. *Endeavour*, v. 22, n. 11, 1998. p. 7-11.

ROMO, José; DONCEL, Manuel G. Faraday's initial mistake concerning the direction of induced currents, and the manuscript of series I of his researches. *Archive for History of Exact Sciences*, v. 47, 1994. p. 291-385.

THOMAS, John Meurig. *Michael Faraday and the Royal Institution* — the genious of man and place. 1. ed. Bristol/Philadelphia/New York: Adam Hilger, 1991.

THUILLIER, Pierre. *De Arquimedes a Einstein:* a face oculta da invenção científica. 1. ed. Rio de Janeiro: Jorge Zahar, 1994.

WILLIAMS, L. P. *The origins of Field Theory.* 1. ed. Boston/London: University Press of America, 1980.

_______; HENRY, J. S. *The history of science in western civilization* — modern science, 1700-1900. v. III. 1. ed. Lanham, New York/London: University Press of America, 1978.

Os autores

Graduados em Física e doutores em História da Ciência pela Universidade Federal do Rio de Janeiro, professores do Ensino Médio, os autores da Coleção Ciência no Tempo desenvolvem trabalhos na área de Educação e Ciências:

Andreia Guerra — Doutora em Engenharia de Produção pela COPPE/UFRJ na área de História e Filosofia da Ciência e da Tecnologia. Professora do Colégio Pedro II e da rede particular de ensino do Rio de Janeiro.

José Cláudio Reis — Doutor em Engenharia de Produção pela COPPE/UFRJ na área de História e Filosofia da Ciência e da Tecnologia. Mestre em Educação pela PUC-RJ, com tese na área de Educação Científica e Tecnológica. Professor do Colégio Pedro II e da rede particular de ensino do Rio de Janeiro.

Marco Braga — Doutor em Engenharia de Produção pela COPPE/UFRJ na área de História e Filosofia da Ciência e da Tecnologia. Mestre em Educação pela PUC-RJ, com tese na área de Educação Científica e Tecnológica. Professor do Cefet-RJ e da rede particular de ensino.

Visite o *site* do grupo: www.tekne.pro.br
e-mail: grupo@tekne.pro.br

LINHA DO TEMPO

Antiguidade

SÉC. VI a.C.	SÉC. V a.C.	SÉC. IV a.C.	SÉC. III a.C.	SÉC. II a.C.	SÉC. I a.C.	SÉC. I	SÉC. II	SÉC. III	SÉC. IV	SÉC. V	SÉC. VI	SÉC

- Aristóteles
- Jesus Cristo
- S. Agostinho
- Platão
- Galeno
- Empédocles
- Parmênides
- Confúcio
- Período áureo da civilização grega
- Auge da dominação romana no Mediterrâneo
- Difusão da cultura grega pelo Oriente
- Destruição da Biblioteca de Alexandria

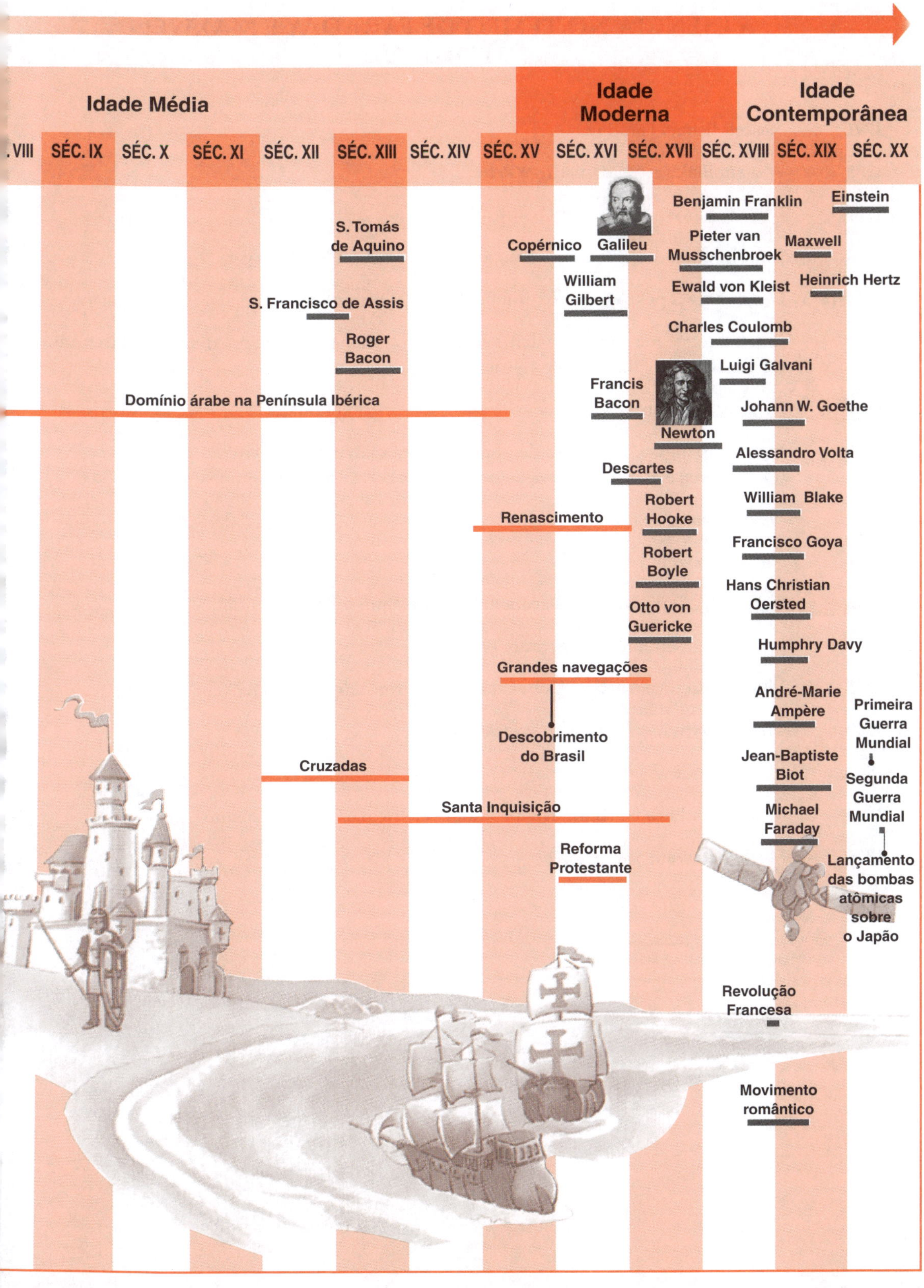
Idade Média
Idade Moderna
Idade Contemporânea
SÉC. VIII
SÉC. IX
SÉC. X
SÉC. XI
SÉC. XII
SÉC. XIII
SÉC. XIV
SÉC. XV
SÉC. XVI
SÉC. XVII
SÉC. XVIII
SÉC. XIX
SÉC. XX
S. Tomás de Aquino
S. Francisco de Assis
Roger Bacon
Domínio árabe na Península Ibérica
Cruzadas
Santa Inquisição
Copérnico
Galileu
William Gilbert
Francis Bacon
Newton
Descartes
Renascimento
Robert Hooke
Robert Boyle
Otto von Guericke
Grandes navegações
Descobrimento do Brasil
Reforma Protestante
Benjamin Franklin
Pieter van Musschenbroek
Ewald von Kleist
Charles Coulomb
Luigi Galvani
Johann W. Goethe
Alessandro Volta
William Blake
Francisco Goya
Hans Christian Oersted
Humphry Davy
André-Marie Ampère
Jean-Baptiste Biot
Michael Faraday
Revolução Francesa
Movimento romântico
Einstein
Maxwell
Heinrich Hertz
Primeira Guerra Mundial
Segunda Guerra Mundial
Lançamento das bombas atômicas sobre o Japão

A CIÊNCIA NO TEMPO DE FARADAY E MAXWELL (1791-1879)

1791	Nasce Michael Faraday.
1795	William Blake pinta o quadro *Newton*.
1799	Volta constrói a pilha.
1813	Faraday começa a trabalhar como assistente de Humphry Davy.
1813-1815	Faraday viaja pela Europa na companhia de Humphry Davy.
1820	Oersted consegue verificar a deflexão de uma agulha imantada próxima a um fio condutor por onde circula corrente elétrica.
1825	Faraday descobre o benzeno.
1826	Faraday inaugura as sessões de popularização e divulgação científica *Christmas Lectures* (para jovens) e *Evening Discourses* (para membros da Royal Institution e seus convidados).
1829	Morre Humphry Davy.
1831	Nasce Maxwell.
1832	Hippolyte Pixu apresenta à academia francesa um dínamo manual.
1834	E. Clarke desenvolve um gerador elétrico.
1855	Maxwell escreve o artigo "Sobre as linhas de força de Faraday".
1859	Charles Darwin publica a *Origem das espécies*.
1862	Morre Faraday.
1865	Maxwell publica o artigo "Tratados sobre eletricidade e magnetismo".
1879	Morre Maxwell.